大美中国

大中国——

睁开你的眼睛

王童 ◎ 著

三环出版社
SANHUAN PUBLISHING HOUSE

图书在版编目（CIP）数据

睁开你的眼睛 / 王童著 . -- 海口：三环出版社（海南）有限公司，2024. 9. --（大美中国）. -- ISBN 978-7-80773-302-7

Ⅰ. I267

中国国家版本馆 CIP 数据核字第 2024TQ5558 号

大美中国　睁开你的眼睛

DAMEI ZHONGGUO　ZHENGKAI NIDE YANJING

著　　者	王　童
责任编辑	卢德花
责任校对	华传通
装帧设计	吕宜昌
出版发行	三环出版社（海口市金盘开发区建设三横路 2 号）
	邮　编　570216　邮　箱　sanhuanbook@163.com
社　　长	王景霞　　总编辑　张秋林
印刷装订	三河市同力彩印有限公司
书　　号	ISBN 978-7-80773-302-7
印　　张	12
字　　数	138 千字
版　　次	2024 年 9 月第 1 版
印　　次	2024 年 9 月第 1 次印刷
开　　本	690 mm × 960 mm　1/16
定　　价	68.00 元

序

　　王童是写小说的，但他又能写出许多文字优美的散文，这常让人刮目相看。但王童的摄影这两年也搞得有声有色、颇有成果，让我甚感讶异。这对于一个从事绘画专业的人士来说也不无感到有异曲同工的共鸣。

　　20 世纪 60 年代，我和王童都生活在中国北方一个超大型军工企业里，"生在红旗下"。略有区别的是家庭背景——他的父亲是这个企业的主要领导之一，而我的父亲则是时而受宠时而被冷落的"知识分子"。

　　少年时代一晃而过。他对人生的第一次残酷体验，来自父亲因病英年早逝。相信这件

◎青春年华的王童 胡剑铭 摄

事对他的未来产生过重大影响——青春期戛然而止，他必须直面世态炎凉。

孤独使他养成阅读的习惯。他经常从厂图书馆及一些同事那弄到一些书，那内容繁杂的书籍使我经常在他那里一待一整天。三十多年过去了，我都能记得一些：《九三年》《约翰·克利斯朵夫》《多雪的冬天》，还有一堆封皮发灰的哲学书籍。在他写作长达二十年的"愤怒的青春"三部曲中，总有一个孤独而焦虑的灵魂在独白，不知是不是受了那些灰皮书的影响。

我真不记得他是什么时候搞上写作的——这和画家不同：画家需要弄个画室，支起画架，买来颜料和画布。然后……很有范儿地说：我当画家了！

早年，作家、摄影家这两个称谓是令人窒息的、神圣得像普罗米修斯一般的符号。将天堂的信物递到人间！"年轻的人受到高尚的感召，急于登堂入室。"他多少也会有一些这种冲动的。

最初，他好像喜欢戏剧很多年，从表演到导演，再到自编自导。经常听他讲荒诞派戏剧、布莱希特的间离风格，等等。时而通俗易懂，时而云山雾罩，看客忽而多，忽而少。必须承认，我就是从那时开始了解现代艺术的。

有一次，我邀他外出写生，沉浸在郊外的风光中，他却有心将这感触写在了如画的散文中。随后，我在那种行动主义中体现了现代艺术直逼本质的内涵。而且我认为，他后来的许多作品中，那种天马行空、时空纵横的想象力，在这些作品中已初现端倪。

真正的艺术家，每部作品都是在自言自语。当人的思想的自

由表达遇到严重障碍时，他自然就会将这一原始的本能转向自我的内心倾诉，这就如同我们从事绘画的人一样从激进的先锋主义回归到经典的创作手法上。

在20世纪80年代，中国的文化界相当活跃，在这特殊的历史时期，文学艺术领域发生了翻天覆地的变化。其中最重要的标志，就是把传统的程式化的现实主义文学观念进行了解构、破坏，甚至颠覆。现代主义潮流的兴起推进，借助现代哲学、美学以及心理学，得以深入到个人的内心世界，而且转向一种内心叙事，成功地将自我、人性、无意识、自由、爱等理念，进行了挖掘探索，创造了文艺作品内容的多义性、可能性。

我相信他与那个时代是心心相印的，而且是期待已久的。他当时写了许多反映人性深处的作品，记得我们不止一次讨论川端康成、加缪、荣格、萨特。我相信他那时一定以为他的时代到了。他不仅仅积极写作，甚至全身心投入进去……就这样，现代主义文学（也包括现代主义绘画、音乐、摄影、舞蹈等）在当时非常暧昧，曲折地传达了某种时代精神而因此拥有了一定的历史性的意义。

只可惜，进入了风云激变之后的90年代，直至本世纪初，社会重新建构阶层。就我本人在《北京文学》兼职美编的不长的经历中，我认为，在中国能对文学创作真正产生正面推动意义的人，编辑的作用远远大于批评家。我作为一个以画面构图、色调等诸多元素为职业探索的画家，自然也对摄影有诸多感受。

就像印象派拯救了西方绘画一样，网络时代的到来彻底改变了世界尤其是中国的写作状况，数码单反相机也改变了人们的审美情趣。

　　王童的美文可谓美到极致，有一次在中央人民广播电台中听到他的配乐散文《寻找北京的秋天》，其意境真难让人想象出是他这样粗线条人写的。他那细腻敏感的感情触摸似乎就在身边，可能这些也或多或少渗透到了他的摄影作品中。

汪江（画家）写于大兴

2013 年 12 月 5 日

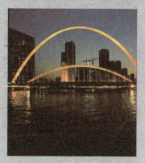

睁开你的眼睛
Contents 目录

文如其人的作家们

　　由于工作原因，我常能见到一些著名作家，并有幸成为一些作家作品的责任编辑。许多摄影师热衷寻找一些假模假式的模特来充填自己的镜头，这当然是无可厚非的，但这只是生活的一个表层现象。那些不辞辛苦围着车模、时装模特转的人，也为一些报刊增添了亮丽的风景。但我觉得，我镜头前的女作家，其实并不逊色于她们，如铁凝、迟子建、裘山山、王安忆、张抗抗、范小青、徐坤、葛水平的美丽更有一种韵味。还有一些作家蕴秀而有内涵，文如其人，像他们的作品那般洒脱、耐读。铁凝的美貌似乎把岁月的痕迹已抛在了后面；迟子建的沉郁有着雪花般的

◎莫言

◎ 库切

◎ 贾平凹

◎ 大江健三郎

◎ 王安忆

◎ 铁凝

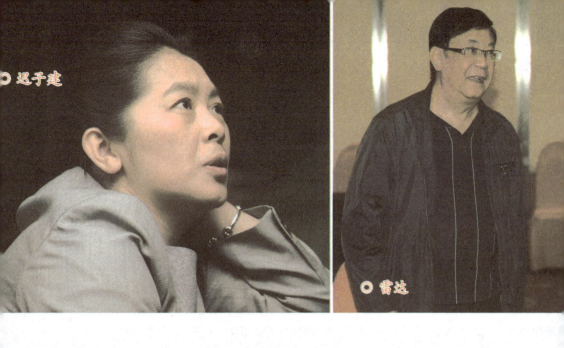

○迟子建

○雷达

阒静；蒋韵清音幽韵中却有黄钟大吕的跨度；戏曲演员出身的葛水平有很好的身段展示着泼辣；会拉小提琴的王安忆有一种艺术品位；张抗抗是婉约的；范小青有母性般的融洽；裘山山带着军人般的冷艳与傲气；严歌苓秀外慧中；徐坤闪烁着机智的眼神，雍容大度；方方豪爽而又厚重；崔曼莉的眼睛似会说话。许多作家的面部表情都闪烁着智慧的光芒。

王蒙是睿智而又充满青春活力的，尽管已年届八旬，但人们总把他与《青春万岁》联系在一起。一部尘封30载而又重见天日的《这边风景》再次让他的创作生命返老还童。

在贾平凹的小说里，我们能看到他修炼出世、收放自如的面部表情；客串过冯小刚影片里面角色的刘震云介于奋斗青年和大学老师之间；毕飞宇像他的作品那般结实而又勤于思考；韩少功熔中西于一炉的敏锐从瞳孔中透出；沉潜刚克的张炜笔大如椽；阿来敦厚而又朴实；大评论家雷达实际上却有着一颗童心；用烟嘴抽烟的李敬泽常会不紧不慢地谈出文学真谛；苏童则有几分羞涩；在莫言的脸上能读出他那凝练抗争的气质。莫言获得诺贝尔

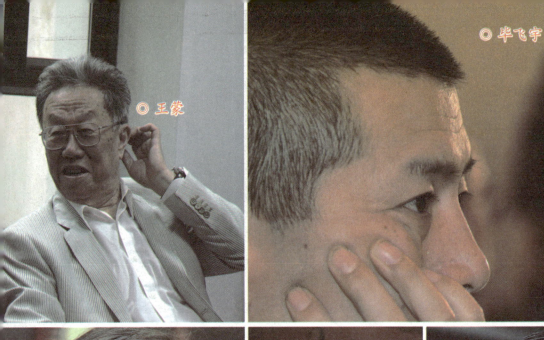

◎ 王蒙

◎ 毕飞宇

◎ 蒋韵

◎ 张炜

◎ 韩少功

◎ 刘震云

◎ 范小青和苏童

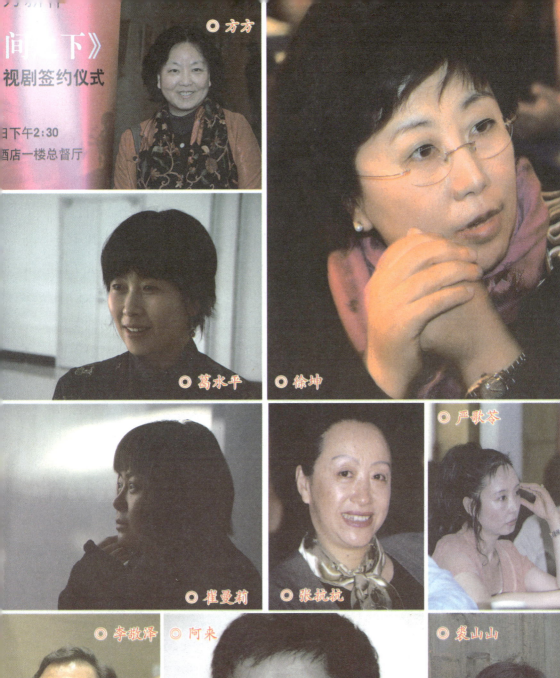

《间 下》

视剧签约仪式

日下午2:30

酒店一楼总督厅

◎ 方方

◎ 葛水平　　◎ 徐坤

◎ 严歌苓

◎ 崔曼莉　　◎ 张抗抗

◎ 李敬泽　　◎ 阿来

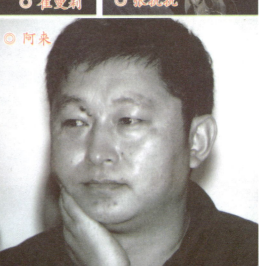

◎ 裘山山

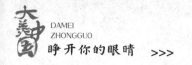

文学奖，已和大江健三郎与库切一同列入了世界文学史。有幸的是，我曾抓拍过他们的尊容，这是一种记录，亦是一段人生的轨迹。库切是不苟言笑的，大江健三郎眼镜后面透着长者的睿智。

当库切这位 2003 年诺贝尔文学奖获得者与莫言共同主持完广受瞩目的文学论坛后，走到话筒边，传播起自己的作品时，他那冷峻、蓄着白胡须、闪着一头银发的形象就如好莱坞影片中老年硬汉那般，这与莫言那沉稳而又不时思考的面部表情形成了鲜明的对比。但莫言也有开怀大笑的瞬间。莫言与库切都被人们围着签名，连中国作协书记处的书记李敬泽也抱来一摞库切的著作让他签，这位已移民澳大利亚的南非作家睁着困惑的眼睛耐心地为围上来的人们烙下印迹，也许他没有想到他在中国会有这么多粉丝，他更没有想到随后参观鲁迅文学院时，会在一女生宿舍中喝茶，这位女生叫刘慧敏，新疆来的。因这猝不及防的来访，让她激动得打碎了一只茶碗。

照片后面的故事

  每一张人文照片的后面，都隐藏着一段人生经历的定格；一个如《世说新语》当中十日谈的故事；一面镜中反射出的情感显露。神道阐幽，天命微显。感觉感悟及敏锐的触景生情与捕捉，都是在感光世界里历练出来的。要想迅捷地捕捉到独具匠心的片子，除了有创意的思维，应该说还要具备勇敢和厚脸皮的心理素质，不要怕他人在一旁指指点点，也不应惧环境的客观限制，努

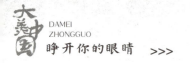

力找出自己切入的角度。

　　先说在藏区公交车上捕捉到的这张一家人出行的照片，当时这车从后面超了过来，发现是一家人在冒雨出行朝拜，车挡风玻璃上的雨刷刷出的扇面恰好显现出这一家人注视外面的神态。此时我乘的车有一个短暂的停行（司机欲擦雨珠），便迅即将长焦镜头架在椅背上按动了快门，拍下了这张名为《出行》的前车之照。

　　今日美术馆门前的这组雕塑很有特色，但美中不足的是拍摄

时参照的行人有些杂乱，且这周围的电线与车辆也妨碍了镜头的取舍，盘桓了片刻，恰逢这两位购物归来的老太太路过，与后面那张牙舞爪的群塑形成了鲜明的反差，美中不足的是老太太的衣饰不太鲜活，光线也单调，但也就这般花残月缺吧。

　　该照片是在路边抓拍的，当时我原本是去植物园拍一些花花草草的，但没能找到好的角度，拍的不够理想，回来时恰好路过一建筑工地，这两个灰头土脸的《民工》正乘着一辆破拖拉机往工地上运送水泥。我连拍了三张，觉得这张还不错，人物有种泥土附着的雕塑感，就让它定格于此吧！

　　《上岗》这张片子拍摄于故宫，当时，这个国旗班的战士从门外匆匆骑车赶回上岗，那刻游人如织，人流行走的方向反衬着该战士恪尽职守的面部表情，很感人。当时一外省杂志的编辑发

现了这张照片，认为很受画面感染，看后她竟激动了一下，便向我约了这张稿。或许这也是拍摄者始料不及的吧！

秦皇岛山海关老龙头处有一观海楼，游人争先恐后地挤在此拍照留念，但没人注意到身后这两人的浪漫举动，或许被眼前的海景所触动，便演出了《牵手》一幕。

2009年新疆乌鲁木齐"7·5打砸抢烧杀严重暴力犯罪事件"发生后不久，我来新疆参加木卡姆音乐研讨会，就特意来到了这位于解放南路，具有浓郁民族风情的二道桥属地。来前，许多人劝我别去"冒险"了，但我想，事件平息后，一切归于正常，应去看看。这里有建筑高大宏伟的清真寺，有众多各族群众在此购物。摆摊设点的商贩们争相推销着各类商品。这个坐在时装精品店前《卖馕的男孩》引起了我的注意。在拍了许多风情人物与景观之后，这男孩及旁边垒放的馕凸显出新疆普通人生活的一个缩影。

　　首钢现已拆迁，画面上的宣传画是在它鼎盛时期立起来的，那时，首钢作为全国重点钢铁企业屹立在这里，年钢铁的产量非

常可观，并为国家的经济建设做出了贡献。通过这幅宣传画可以想象出当年那热火朝天的生产图景：厂房里的车间工作面背景提出职工注意安全生产的警示，告知许多温馨的家就来自这安全的保障。这宣传画上喜笑颜开的一家三口，显示了人性化的感召，摒弃了过去一味大干快上的鼓动，这也是我们社会的进步。骑车的下班职工恰从厂区这警示牌前经过，想必他也急于想《回家》享受温馨的氛围吧。

北京西山八大处，因存放有佛牙舍利，于是，每到佛诞日就会引来全国各地的僧人信众前来朝拜。焚香拜完佛后，虔诚者便围着佛塔转经。照片上这个来自远方的僧人我已多次见过他在此诚心守真。这天恰赶上佛牙舍利公开向世人展示，摄下这个僧人口念南无阿弥陀佛，以表《诚心》。

四川成都的文殊院在傍晚时分因施工翻修已提前关了庙门，但这位心志笃信的来者，还是在门前叩头礼拜以表心愿。想必她

定是有什么难事要示佛脱离苦海。她这番《隔门膜拜》必定能打动智慧无边的文殊菩萨。

云南瑞丽是我国同缅甸的通商口岸，每天这里一开关就拥进来大批做生意的边民，缅甸玉同缅甸翡翠一样都很有名。缅甸妇女脸上大多化着"塔纳卡"护肤妆，很像我们戏曲里的脸谱。这个女人头顶着货物进关，喜笑颜开，恰与她头上那印花笑脸形成了呼应，她该是多《开心》啊！

晨光中，人民大会堂前树影婆娑的路上行走着巡逻的士兵，因为开会戒严，闲人暂被挡在戒严圈外。跟着而来的两位女士是

与会者，她们《伴英而行》，必定有一番飒爽情怀在胸。

　　黄山挑夫经常是《担承》着百多斤重的货物沿着上千米的台阶向上攀缘，这对尚无重负就气喘吁吁的游客来说，实在令人咂舌。黄山虽已有索道上山，也间或能见小货车沿盘山公路蜿蜒而举，但挑夫仍日复一日地跋涉在这山间曲径送货上山。他们的体魄、他们的毅力让人叹为观止。世上无难事，只要肯登攀的诗句此刻自然会涌入脑际。敬佩、感染之后，你自然也会平添一股奋发之力，追随着他们的维艰步履向上砥行。

在第二次中国—澳大利亚文学论坛上，莫言的出现，让文学青年们比肩接踵拥上签字。这签字的现场看上去有些手忙脚乱。此恰逢莫言准备与同是诺贝尔文学奖获得者的库切共襄讲坛之前，粉丝们围上来形成了一个生动的方寸，这也显示出了《文学的动力》。

以上这些寸男尺女间，只是沧海一粟的几个侧面点，通过照片感悟人生的意义，这是摄影者的追求，但你是不可能窥其真貌的。就如奥本海默所说的：我正沿着一条清晰的轨迹前进的想法是错误的。在混沌的世态中，你要时刻调整好你的焦距，才能有可能捕捉到一些生活的碎片。

雪之国

　　川端康成在小说《雪国》开篇就写道：穿出一条狭长的隧道，就到雪国了，大地一片莹白。由此，雪国的景致与景致中烘托出的人与事就逐渐展开了。这同在数九寒天中呼伦贝尔的雪色呈现在眼前是穿凿附会的。日本人喜欢雪，于是，在若干年前，他们就觊觎这片广袤、富饶而又常浮着雪色的土地了。自然，雪色是冬季才渐渐叠替出现的，先是草的色泽由绿渐黄，褐色的土壤间也出现了霜气，然后凝结、泛白，进而在空气中飘洒下大小不等的雪花，就构织出了雪国的图画。

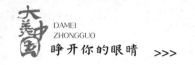

日本的雪国，应是在北海道，于是在东山魁夷的笔下或画或写，都显现出纯净而又颓靡的意境，这与呼伦贝尔的雄浑相比，又显得太小家子气了。

呼伦贝尔的地气弥漫着质朴、纯粹而又野蛮的气息：草是葱郁而浓烈的，草色在落日下翻滚着，孕育了世世代代成吉思汗的子孙。成吉思汗的大军当年驰骋在这里，铁木真、孛儿帖、扎木合及被征服的王罕与桑昆。公元1202年，由大兴安岭西麓延伸下去的北纬47度与东经119度之间，在现蒙古国讷木儿格河畔灭了塔塔儿部落，并掳掠了他们的女人。因塔塔儿女人天生丽质，与成吉思汗铁骑勇士的水乳交融，就诞生出了一代又一代美丽的蒙古族姑娘，她们或叫斯琴、或称萨日娜或曰高娃，就似多情的麋鹿一般穿梭在草木和山林间。

呼伦贝尔山色与水流的洒脱和俊秀，也孕育着这里带有异国情调的多民族风情。有蒙古族、有鄂温克族，有布里亚特的俄罗斯族，还有朝鲜族与柯尔克孜族等。这里是生命旺盛的孕育地，除茂密的山林，单药用植物就有209种，有窄叶蓝盆花、有薄荷；有波叶大黄和海蓬子；等等。野生动物马鹿、棕熊、狍子等也和蓑羽鹤与绿头鸭等并存着。报道称久违了的丹顶鹤与天鹅也在此地安了家。在这雪色黄昏中遇到的呼伦贝尔作协主席刘艾平，竟然是我当年在呼和浩特市《鸿雁》杂志社的同事，这让我甚感诧异。刘艾平虽是汉族，但多年前她却因情所系，因故土难离，放弃了在首府工作的机会，又牵绕回到了这里。这里的歌声在唱《乌拉勒吉》《额呼兰　德呼兰》；这里的曲调有《梦中的额吉》与《欢乐的牧羊人》。歌声中的天空蓝而舒展，云白而纯净。五代无名氏词"细草河边一雁飞，黄龙关里挂戎衣"的写照，恰

把这厚雪覆盖下草原的另一面呈现了出来。雪坡下的草原，羊群在落日的余晖中，在风力发电的风帆下蜿蜒出觅寻的足迹，向坡道延伸着。雪的厚度没过脚面、深过脚脖，踩上去咯吱咯吱地颇有诗意，人摔在上面也是乐的，然后又孩童般地攥起雪球抛向游人，一切都显得自然而又和谐。

然而，雪之国里也有它如烈酒浓烈的一面，在冰雪那达慕会上，人被里三层外三层包裹着上阵，却眼见穿着各色民族服装的彪汉们骑在马背和骆驼峰上，手舞成吉思汗年代样的长方形的军旗，枕戈待旦，最后从坡上成群结队地穿过烈焰熊熊的火盆时，旌旗招展，狼烟从蒙古包旁四起，远古年代的呼啸似就在耳边喧嚣。在这野性的呼喊中也夹杂着几张用白绒毛包裹着的鄂温克与蒙古族姑娘的面孔。

我承认我的眼睛与我的相机都是好色的，我努力捕捉着那些飘雪下的美色。这美色在黑绒或棕灰貂皮毛色的衬托下闪着白净的光泽。

游目骋怀间，雪铧犁风驰电掣般地从身边滑过，骆驼骑手也迎着落日而去，雪雾在奔跑的兽蹄下腾飞起、弥漫开，让人想起普希金的长诗《叶甫盖尼·奥涅金》中的场景。普希金的抒情长诗《纪念碑》里写道：无论是骄傲的斯拉夫人的子孙，是芬兰人/甚至现在还是野蛮的通古斯人和草原上的朋友卡尔梅克人。他所说的通古斯人和卡尔梅克人，不知指的是不是这一地域的祖先，但有一点是可以肯定的，应是含有这一民族共同体的基因。

在已被冰雪封冻的伊敏河畔，冰和雪凝在一起，让这河面织成了白纱，我们在里爬冰卧雪地连滚带爬，丝毫也无疲态，一直爬到了湖畔山顶蒙古包错落的山顶，一览弧线旋转的伊敏河全貌。

　　呼伦贝尔市邻近的山也叫西山，但比北京西山的松柏要高大，雪压松枝，似硕大的雪花在盛开，与之对应的是市区具有民族特色形状各异的雪雕，是马、是成吉思汗。在这成吉思汗的诞生地雪之国延扩着，一直横跨过了亚欧大陆。以至今天我的血脉里都有了蒙古人的基因，蒙古人种已是人类学学者研究的一个方向。

　　从四天净色的雪之国归来，北京却连着出现了雾霾天气，专家们已从里面检测出了含氮有机颗粒物的有害物质，光化学烟雾

扭曲在我们的高楼与车流之间，这就更让人留恋起了寒空如水的雪之国——呼伦贝尔。老舍当年游历呼伦贝尔的陈巴尔虎旗所写的"空气是那么清鲜，天空是那么明朗"的字句，几成大白话的描述，想必满腹经纶的他面对妙境，觉得找不出更贴切的形容词来抒发自己的感触，也就平实而述了。记得老舍还把这一地域邻近的扎兰屯比喻为苏杭天堂，可见这里的一草一木对先生心灵的洗涤。老舍也同样眷恋北京，认为这也是一块风水宝地。而且不只老舍有此心念，《帝京景物略》中所叙"天巧不受人分，人工不受天分，云山一簇"的京都气象，今天对比之天朗气清的呼伦贝尔大草原、大牧场、大兴安岭，该是让人望天兴叹了吧！

寻觅老舍的踪迹

　　老舍先生是我们《北京文学》的首任主编，老舍主事时，轰动全世界的新编历史剧《海瑞罢官》就发表在《北京文学》上。此外，《北京文学》还发表先生在新中国成立初写成的话剧《龙须沟》。《龙须沟》可视为老舍写新中国舞台剧的开端，同时写出的还有《方珍珠》。而老舍在《北京文学》上编发刊出吴晗先生的《海瑞罢官》，今天可以说没有任何一部文学作品的影响力与破坏力能超过它。说到破坏力皆因是那一类文痞借尚方宝剑有恃无恐地对该作品进行的围剿、借题发挥，从而掀起一场史无前例的摧毁批判运动，老舍先生也在这运动的狂风中，被吹进太平湖，踪迹难寻，飘进了天堂。

　　老舍的故居在北京市东城区灯市口西街丰富胡同 19 号；《北京文学》的旧址在北京饭店后面的霞公府街。六年前我到此，那个大杂院还在，今天它已辟成了北京饭店的分店，穿过一条柏油马路，沿这条路出来就到了王府井大街，由此折向北，过教堂、经天伦王朝饭店、商务印书馆，就到了北京人民艺术剧院。这里也可以说是老舍的另一个创作之家，这里频繁上演过老舍的剧作《龙须沟》《茶馆》《女店员》等。几年前，在先生百多年诞辰纪念日时，《龙须沟》曾再次被搬上过舞台，杨立新依于是之的样

老舍的女儿舒济

板演程疯子。可以说，老舍工作和生活的地点正好构成了一个文化金三角。这三地相距都不超过 1000 米，它围绕着王府井的黄金圈慢慢外延着，每一步似乎都有先生笔下描绘的老北京气息。巴金先生在《怀念老舍同志》一文中曾绘声绘色地描述，每次他来京同老舍会晤后，老舍夫妇都要邀他到东安市场去吃个小馆。从这一点来看，老舍似乎又是个标准的美食家，其子舒乙也回忆过，风清月淡之时，老舍与友人或名伶叙谈聆听之后，能叫饭庄送上菜盒拿出小肚、酱牛肉及北京小吃饕餮一番。

老舍是热爱生活的，他对琴棋书画的喜好、对老北京风土人情的迷恋，包括他对北京小吃的馋嘴，都显现着他的生活情调。他喜写小人物、他自然也愿感受那种锅碗瓢盆磕磕碰碰的平民生活。为此，毛泽东当年邀他写《康熙大帝》，他未从命，未去叱咤风云。他的生活节奏似也是慢条斯理、一板一眼的有耐心。很难想象这么一个热爱花鸟鱼虫的人会轻易撒手人寰。

　　说到话剧《龙须沟》，应是以北京今日的金鱼池地段为原型的。说来也巧，老舍因腿疾行动不便，代他收集该地素材的林斤澜先生后来也成了《北京文学》的主编。1951年，老舍在《龙须沟》的创作谈中曾说，龙须沟并没一个小杂院，恰好住着上述那些人，跟我写的一模一样。他们是通过我的想象而住到一块儿的。可以说，先生是经过艺术加工，将龙须沟上的人物捏合到一起的。这个地点，应该离老舍的工作生活圈略远一些，但触动他的艺术想象力则是那样的远大近观，风土人情在侧。今日的金鱼池社区，那弯刀式的地貌仍依稀可见，社区内引人注目的是剧中落沟溺命的小妞子的塑像，她手捧着金鱼盆祈望着天空。我不知龙须沟改名为金鱼池是不是同剧中小妞子的遭遇有关。今天这个社区像许多开发商建筑的鳞次栉比的楼群一样，有着文化气息的是路口前老舍开心笑的模样及路两边龙须沟故事的群雕。现实中的"妞子"，50多岁的赵女士说，她家祖辈就住在这里，忍受着臭沟的熏染经年累月，现在终于安居乐业了。那种屋下架屋、叠床架居的乱象已改建成望衡对宇、落月屋檐的居民区了。实际上，龙须沟的改造，从新中国成立后开始，前后进行了三次。但我仍认为第一次那种有桥有水、人可划船的疏浚整合是最为人性化的，早年间这可是景色怡人的游览区。"宿雨初霁，踏青至天桥。登酒楼小饮，榉柳清波，漪空皱绿。"该是件多么惬意的事呀！具有象征意义的是，宣统年间，清朝朽亡，这条河就变成臭沟了。想必康乾盛世时，这里穿梭着多少名人雅士、吟风弄月。这多少有些让人感风神伤。

　　老舍同许多对新时代抱有憧憬的知识分子一样，都曾真诚地歌颂过他们期望的新社会、新气象、新人物。新中国成立后，老

舍以饱满的政治热情写出了《龙须沟》《女店员》《红大院》等讴歌新事物的作品，曾自命为"歌德派"。这期间亦出现了艺术品位超高的话剧《茶馆》，让人称奇。实际上《茶馆》也是从另一侧面反衬着新中国的温暖。或许正因为这个原因，其爱党爱国的赤子之心一旦被误解、被扭曲就会想不开，他的自尽，是一个悲剧，也是一个弗洛伊德式的心理呼应。老舍当年从家到文联自投罗网地主动去参加"文化大革命"，原本是想响应号召投身运动中的，但他万万没想到他这个新中国唯一被授予"人民艺术家"称号的作家，会成为人民的对立面而受到凌辱。他临终时内心或许会说，我这样钟情地爱你，你还背叛我、不容于我……《茶馆》中常四

◎ 小学生向老舍塑像致敬

爷振聋发聩的声音：我爱咱们的国，可谁爱我呢？不幸变成了现实。而老舍在死前一个多月曾对巴金讲：请告诉朋友们，我没有问题。言辞之恳切，欲要人们怎样的多理解他呢？周恩来当年称《龙须沟》帮了他执政的大忙，让民众从艺术上感受到了人民政府为人民。现在怎么会这么得鱼忘筌呢？由是，爱之越深，悲情就越重，万念俱灰，随风飘落。老舍所投进的太平湖，应是离他的宿地更远一些，他为什么会来这儿了此一生呢，他走着来的还是坐车来的？那一刻，他就像只断了线的风筝，任风肆虐。他讲过的那只"壶"的故事也终于在心中摔碎了。老舍魂断太平湖后，人们当时似乎没有任何痛感，如淹没他的太平湖水那般平静。人们的良知也如后来被填平的湖水掩埋了。反倒是一些与他交往过的国际友人对他进行了纪念、回忆，现在回忆起来真让人感慨万千。老舍之死成了一个谜，记得苏叔阳先生为此还写过一部话剧，让冥间的老舍与儿子舒乙对话，来推测老舍在面对太平湖时想了些什么，思考了些什么。可见多年来，老舍之死的谜团是怎样困扰折磨着文人们的心。中国当代文学馆的研究员傅光明为此还费尽周折，写了长篇调查报告，试图破解这一谜团。作家王朔指责老

◉ 老舍剧中人物的扮演者

舍长子舒乙与其妻胡絜青在老舍危难之际与他划清界限，是导致他死的原因之一。这话也许有一定的道理，亲人的不理解往往是致命的。但那个年代，人们似乎都在浑浑噩噩的状态中被撒旦操纵着，亲人之间相互揭发批判的例子也比比皆是。现实中，老舍就是在这重重的任谁都不理解的忧愤中心如死水的。他投湖前，生命的坐标恰也走进了一个恶性循环的三角区：北京文联、孔庙和太平湖。

令人略感欣慰的是，老舍的足迹并未被淹没，丰富胡同他的故居已成为爱国主义教育基地，他的爱国情怀已让中小学生们纷纷投入；太平湖在填平几十年后又疏通，在北护城河上游重现，它的水域延至远远的昆玉河；《茶馆》中裕泰茶馆也出现在了王

◎ 老舍的儿子舒乙

府井的街面上；金鱼池小区亦举办了八届以他作品命名的社区节；被誉为老舍传人的刘恒先生今天接过他的接力棒当上了《北京文学》的主编，他的著作等身，他创作的话剧《窝头会馆》不久前亦同样轰动京城。先生的那只艺术之壶并未碎，里面盛载的文学艺术珍品，将长久让人们鉴赏着、学习着、品味着。

漓江春早

　　早春时节，来到漓江，总能想起儿时熟读并能背下一些章节的《画山绣水》。《画山绣水》是著名作家杨朔的名篇，他名曰杨朔，又写了谐音的阳朔风情，或许是山风水韵早已暗通了吧！尤其是从桂林到阳朔的 160 里漓江水路，满眼画山绣水，更是大自然的千古杰作。这样的描述印在脑海里经年累月，已成了一种心理暗示，如此，当我真游弋到漓江山水间时，就总会按图索骥

地去求证、去拓印、去临摹。但无论是船舱广播的介绍还是他人的解说，都是称80里或是60里的距离，总让人摸不着边际。想必杨朔当年是依华里所叙，进入字里行间就延续到了今昔漓江的尽头。

桂林山水属喀斯特地貌，喀斯特即岩溶地貌的代称。如此，在桂林山水这突峰耸起而错落有致的山峦下，又深藏着另一个溶洞世界。阳朔的银子岩与桂林的芦笛岩就潜伏着这样奇幻的天地。如果说漓江山水甲天下，这地下的蕴蓄也是独一无二的。这两个溶洞一个须乘船从水面穿行进去，另一个则似迷宫让人遁入斗转。洞中笋样的钟乳石从上垂挂下来，在五色彩灯的反照下，变幻着各种神姿：似松、似狮、似麒麟、似蛇盘虬髯、似嫦娥飞天、似菩萨坐莲，如云连青轴。水中的洞天若龙宫若水帘垂幡，深邃神秘惊恐，仿佛《西游记》中的妖魔鬼怪随时都有可能从这石身中破壁而出。轻唤一声，声波便沿着水面在石柱间深深回荡。

芦笛岩的溶洞虽无流水四溢，但之大之深之奇则是引人入胜的。这里攀上低探的每一方空间都是一个童话世界，它们的飞檐斗拱、廊柱幔回间都契合得那样天衣无缝，一方石，形成一座桥，一段岩灵化成了盘丝洞。你在这千回百转的洞窟中举目可见形态各异的奇石。这些石笋凸显着嶙峋的纹理，或横生出斑驳的颗粒仙人掌般地散发着润泽的气息。更让人不可思议的是，洞中还卧有黑壳沉郁的千年真龟，让人摸一下而念长命百岁。在洞的尽头一片开阔的流水边，在灯影的映衬下，出现了暗峰重重叠叠的另一番漓江山水的形态，让人如痴如梦。

从溶洞中出来，回首漓江上神游的风姿，地上与地下的景

观融合成了一体。漓江出神入化的山水，是千年万年铸就的。漓江属珠江水系，发源于兴安县猫儿山，从桂林到阳朔，参差的奇峰倒影不停地映入眼帘，以至我望着那从溶洞中正好侧翻过来的直立山体，叹这山顶可曾有人沿绝壁上去过。问同行的一位长发飘髯的风水先生，这里的风水可好。他喃喃道：那当然！但紧接着他又言，这儿的风水虽好，但不聚气，所以产生不了什么大人物。他这一说，我还真想不起这里诞生过什么样的才子佳人，但转而又一寻思，李宗仁、白崇禧、黄绍竑这些桂系的翘楚人物不就是从这里驰骋上了沙场的吗？1937年，徐悲鸿也是沿这条水路乘小舟从桂林到阳朔，他在《南游杂感》中写道：世间有一桃源，其甲天下山水，桂林之阳朔乎！李宗仁听说他相中了在碧连峰里有两棵高大的玉兰树的庭院，租屋住下，便派人购下此屋，加以修建，赠与徐悲鸿聊作绘画栖身之所。想必他画意勃发，在此留下诸多传世之作了吧！

漓江的水是碧绿的，杨朔形容它绿得像青梅名酒，而我却觉得这绿似四溢的琼浆玉液，一波

一泓裹挟着沿江凤尾竹倾斜而来的绿风，风鬓雨鬓掠耳而过。徐霞客当年踏足于此，记述着漓江自桂林南来，两岸森壁回峰似已有了一些注解。这山起伏的弧线，有形容是骆驼山，有称是飞马岩，还有老人山、文笔峰，等等。总之，你可尽情地按这高高低低的曲线去任意想象，山形与水波交错映行，一切都意象化了。

行进中，游船边突然会有江民撑着一叶小舟惊险地靠上来，用铁

钩钩住船帮将鱼虾食品送上，午餐时你就可享有这鲜美的河鲜了。临近阳朔时，夹江两岸飘溢过来一阵果木香味，有人说是茶花香，也有人言是芍药花香，但这香味却是阳朔特产的砂糖橘树散发出来的。

来到阳朔，我似还未尽兴，便从邻近兴坪古街旁的鲤鱼登壁再次乘船，披夜色，又游历了一番，这时山的轮廓影影绰绰地隐现在星空中，已呈水墨。出圆孔桥，就融进了炊烟在江边腾起的迷离中。当船又回到鲤鱼滩时，莲花峰下的阳朔灯火已透出，灯影映着山姿滑入水中，层层泛开，交辉着阳朔的街景。

杨朔当年从桂林游至阳朔留下了亦觞亦咏的名篇。而翦伯赞却写下了从阳朔至桂林的七律句：阳朔溪山春已深……一路看山到桂林。这一来一往的水路洒进了人们多少的诗情画意呢？这是我们的文化遗产，也是人类的、世界的。在春意渐浓的漓江上流淌着岁月的波光。

坐落在天安门广场一侧的孔子像

　　说来也许是一个悖论，在全世界纷纷研习孔子学说，孔子学院一个接一个成立之时，孔子雕像立在美国最高法院门楣上。过去百多年间，只有中国本土在没完没了地拿这"圣人"兴师问罪。砸烂"孔家店"也好，批林批孔也罢。孔子学说有相当一部分是放之四海而皆真理的东西，另一部分是后人割裂曲解当成了统治工具，这也怪不到孔子身上。可现实就那么怪异，今人弄不好的事，全都怨到了古人头上。

　　古人的言行何必非要求全责备呢？孔子没喝过啤酒，你却要让他回答什么品牌的口味好。孔子手握宝剑时，离发明飞机的时代还有千年的时差，你则问他歼-20战斗机性能如何，岂不是对牛弹琴吗？

　　多年前，我曾写过一篇名为《克己复礼或许就是中华民族复兴》的文章，其用意并不是要倡导"复古"，而是想敲击出一个音响，就是为何自己先贤的思想就不能科学的古为今用，择出优秀融入今人的智慧呢，同时本人亦坚决反对一些尊孔者要把儒学当成儒教来膜拜。孔子铜像立在天安门广场中国国家博物馆一

侧，孰是孰非，有待时间来检验，但不管怎么说，这终究不是件坏事。正如孔子一生饱受争议那样，这塑像现又移到了西北角"U"形建筑下方的露天空地上，孔子像静静地伫立在这里，又归于他的静心思考中了。

我的奥运

　　我们是亚洲人、黄种人。当旧中国运动员在唯一组团参加的柏林奥运会上，捧着鸭蛋成绩而归时，不仅傲慢的欧美人戴上了有色眼镜，就是国人也对自身的运动机能产生过怀疑，因中国人的斗志尚在苏醒中。中国人仅奢望去打破一个圆的怪圈，奥运会梦想在中国举办，是天方夜谭。

　　中国自鸦片战争以来，国势战事上一败再败，民族士气也逐渐瓦解，戊戌变法后，有识之士除想富国强兵外，亦想将积贫积弱的中国人的体质体能从根本上改变，而这改变的信心就是要在世界舞台上不断地证明自己。于是，便出现了霍元甲、黄飞鸿、大刀王五这类的传奇大侠，人们指望这些豪杰在同洋人打擂台

◎ 建筑鸟巢的民工

获得胜利的同时也获得精神枷锁的挣脱。而张学良当年资助刘长春独赴奥运，也是想说一句话：中国人行。但中国人败下来了。骄傲的西方人以睥睨的眼神看着中国人会在体育竞争中有什么作为。嗣后，孙文革命、内外战争的交织，在人的思维嬗变过程中除了想从根本上改造其国民性的迂腐，更有激进者亦想要从本质上改变中国人。人们在举步维艰中，更是想从吾国思想和社会流弊中寻找根源，一些社会学者也提出了改变人种的种种设想。为从心理上彻底根治那类顽疾，钱三强的父亲钱玄同先生甚至提出过用罗马字母替代汉字的建议；毛泽东早年办《湘江评论》时写的第一篇文章竟也是《论体育》。"野蛮其体魄，锻炼其筋骨"也是那一代人社会理想追求的一个组成部分。

　　但今天，当天才的刘翔以 12 秒 88 打破了这个黄种人看上去不可逾越的世界纪录；当在顶尖的法网温布尔登网球锦标赛上中国女运动员郑洁和晏紫也令人不可思议地力克名将、获得双打冠军；当小巨人姚明叱咤在 NBA 赛场上；当中国男女大力士力拔千钧在举重台上屡破世界纪录时，除仍在强调人种论的中国男子

足球外，中国运动员在其他并不是自己体能优势的项目上展现出的强力，早已让世人目瞪口呆了。那些因饮食习惯、因身体基因都不如西方人体质的华夏子孙，竟生龙活虎般地或百步穿杨、或力挽狂澜、或蛟龙跃池、或绝境重生，都显示出了一股不可遏制的生命力量。除了那些仅靠技巧、仅靠认真仔细夺冠的轻巧项目外，中国人也当仁不让地闯进了由乔丹、刘易斯、拳王阿里、杰西·杰克逊、摩西、欧文、大小威廉姆斯等"黑色旋风"统治的领域。无论是失败还是成功，那些穿着红黄相间运动背心的中国人都坚韧狂放地张扬在运动场和运动馆的各个角落。他们在笑、在哭、在呼喊、在懊恼、在喜极而泣、在仰天长叹，同时也在

宣泄着奥林匹克的精神。

当刘翔梦幻般地以 12 秒 88 飞过那一道道横栏时，就如同越过了那一个个种族与肤色与人种的歧视、偏见及障碍。当刘翔的竞争对手阿兰·约翰逊说"我简直不敢相信自己的眼睛"时，谁都会去寻找这奇迹诞生的根由。我的一位在少年时代曾练过 100 米低栏并在地区比赛得过第二名的好友，从街上忍不住给我打进手机道：这家伙真是个天才，这成绩对中国人太重要了，你不知道我是练过 100 米栏的，这不亚于男子百米。这是一切运动的基础、是运动之王，让中国人夺得了，真是不可思议。而就在前两天我的这位老兄还酸溜溜地发牢骚道：咳，谁得了都那么回事。我知道，我这位在儿时就爱好

体育的仁兄是因男足的屡屡失败、田径众多项目无可奈何的名落孙山而产生的恨铁不成钢的失望，同时也对一些名不副实的空洞宣传产生了逆反情绪。现在他也被征服了。这心理的征服不仅仅是一个运动项目的胜利，而是对人的奋争与反抗的肯定。当上届奥运会百米冠军加特林与环法自行车赛总冠军兰蒂斯挟欧美人的体能优势，又去服用兴奋剂时，中国人在这一领域的胜利该是多

么不容易啊！因此，当诺贝尔物理奖得主华裔科学家丁肇中看到上届奥运会中国的金牌总数名列第二时，喜悦之情溢于言表。诚然，也有论者认为不该把竞技体育拔到一个不应有的高度，体育就是体育，但体育竞技带来的精神因素谁又会否认呢？你应明白全世界尽管各国国情不同，但每个国家及民族都会为自己运动员的胜利而感到骄傲。意法足球队从世界杯足球赛凯旋时，举国欢

腾，科特迪瓦这样一个内战不断的小国也会为他们球队的胜利而罢兵停战，美国运动员在升国旗时，一概手抚心脏以示崇敬。今天，许多国人也许会为当今社会问题难以解决而感到愤愤不平，但谁都会为自己国家运动员的胜利而感到扬眉吐气，因为这是人类本能的反应，也是一种从文学从音乐与科学的滋养所获取的精神动力。为此，我可能去睡一个好觉，我可能不会再为一个短暂的痛苦去欲死欲活了。我们想健康蓬勃地活着，我想像刘翔和郑洁与晏紫、姚明那样让梦想实现。而为了那一个个梦想，我们不会允许慕尼黑奥运会巴勒斯坦武装分子枪杀以色列运动员的悲剧重演，我们不希望亚特兰大奥运会奥林匹克世纪公园爆炸事件和汉城奥运会机场炸弹的袭击再次出现，我们将和破坏我们梦想的恐怖分子一决雌雄。因为奥运梦想是属于全人类的。

雅典人的梦。

中国人的梦。

这里是雅典，这里产生过智慧女神雅典娜，

还有文艺女神黛尔博西荷拉，还有海神波塞冬……还有以亚里士多德与柏拉图等先哲为先驱的整个西方思潮的连接链，这链条就要连接到了有着嫦娥奔月、盘古开天地等神话与孔子孟子及老庄哲学的底蕴中。当北京祥云火炬从奥林匹亚引燃，便预示着一个伟大文明的升起。这火是人类之火、是生命之火、是普罗米修斯所取来的自由和平之火。这火把的交接是西方文明与东方文明的一次握手；是奥林匹克举办一百年来的一个历史性的传递与接力棒。伟大的古希腊创造出的灿烂文明与奥林匹克的精神，照耀着全世界也照耀着古老的东方和悠久的中国。从雅典到万里长城，从奥林匹亚山到珠穆朗玛峰，北京把祝福带给全世界、带给不同肤色的全人类。我们热切希望中国向世界证实——一个我们共同梦想中的中国突破重重迷雾和误区真正走向了世界。绿色，那是生命的色彩；科技，那是创造历史的动力；人文，那是我们精神理想的命脉。我们为意大利文艺复兴而感到庆幸、我为古希腊产生了那么多先哲而感到内心充实，我们被贝多芬与巴赫的音乐所陶醉。同样，我也将为我们的孔孟老庄、唐诗宋词、织锦绣衣、美食佳馔、《春江花月夜》等博大精深的恢宏文化而感到自豪，这深埋在泥土中的灿烂，就要借一个梦想而见天日了。

　　我激动。

　　我骄傲。

　　因为这是我的奥运。

节日与信众

　　中国人过圣诞被某些国人称为崇洋媚外,外国人过春节又被他们称为热爱中国文化与风俗。实际上,基督教传入我国,从有记载的利玛窦远征传教算起,已有四五百年的历史。随之带来的"基督文明"与中华文明并存也延续了好几个世纪,甚至它还影响了一次意义深远的"太平天国"农民起义,洪秀全的"拜上帝会"也许是一个变异了的"基督教会",但它毕竟有了"上帝"的影子。

　　过圣诞节的人也未必就是基督徒,只是把它当成一个图平安

图吉利的过程。从扼杀教会、焚毁基督、天主教堂的昨天到今人的节日，究其根源也是在国门打开、在西方科学技术及人文思想传入的同时对基督文明的一种模模糊糊的向往。想必没有更多的人知道《圣经》中彼得前书所言的"基督既在肉身受苦，你们也当这样将这样的心志作为兵器"的告诫。不想受苦，只想享乐是人之常情，过圣诞节也是人驱邪避祸的一种心念。圣诞老人没给你送来撒旦之恶、没让你去杀人放火，商家借此节日招徕顾客，本不值得大惊小怪的。正如同我国有人信奉佛教一样，我也未见在释迦牟尼成道之日众人去群起烧香叩拜。还是那样，信者去朝拜，不信者在家睡大觉，谁又碍着你了呢？美国人亚当·史密斯认为，"基督文明"是中国人现有的文明在数量上和质量上都无法达到的。这又怪谁呢？你不过自己的"众神"节日，你把它当成封建糟粕要过滤掉，剩下的就只有这真空中的填充物了。

据说亚洲最大的基督教堂在中国，不知真否，但起码它给了我们一个佐证，即有上帝就会有信众，无论是在中国还是在欧美。记得韩国有部电视剧叫《爱情是什么》，里面讲三个一家子的老太太，信仰各不同，信基督的常念我主仁爱，信佛教的

则常闭目念珠曰我佛慈悲，而她们仍和平相处在一个屋檐下。

当美国总统每年春节向全世界华人祝贺新春快乐时，我尚未听到有人说这是"崇中媚华"。过圣诞这只是一个礼节，尚不能"全盘西化"，因为你还在过春节、还要吃粽子、要去吃饺子，并也常让洋人来尝尝鲜，还有那么多信仰各异的芸芸众生，别那么没自信心的小题大做了，想必天上的众神也在举杯相庆各自的节日吧。

母亲的海

继父亲去世34年之后，母亲周淑明于2009年4月22日下午6点30分亦终止了凡世的生命。父亲比母亲大9岁，而母亲却比父亲的年轮多延续了34年。母亲改嫁后随继父来到呼和浩特后，据友人介绍说，她曾到过当地著名的大召无量寺为父亲的亡灵超度过。此事是在母亲去世后我在无意间听友人说起的，友人讲那天她穿着灰色风衣在大召无量寺正巧与其碰上了……母亲信佛，但这佛是她自己想象的，至于佛教究竟是怎样的，想必她最终也未弄清楚。但母亲在吃饭时，没有任何痛苦地逝去，许多人都说这也是她佛心的好报——

"南无阿弥陀佛"去了。

从黄山归来，一件与这生命感应相呼应的另一个魂灵也给了我一个预兆，2009年4月11日，著名的小说家、我就职的《北京文学》前任老主编林斤澜去世了，在同他遗体告别那天，我去给他拍了遗照，而仅仅过了一个星期后，我又拍摄了母亲的遗容。母亲去世的前两天，我同她通电话，问起她瘫痪在床的身体时，她还笑着说很好，吃东西也很利索。如是，当我接到

她突然去世的电话时，震惊得半天说不出话来，尽管对这一天的到来我早已有心理准备，但如此令人猝不及防，还是让我不知所措。

母亲去世后，我翻开家族的黑白老照片，里面展现着母亲一幅幅青春勃勃、风姿绰约的美丽影像。母亲的美丽是众所公认的，在20世纪50年代支援边疆建设她们那一拨初高中生里，她的美丽是首屈一指的，正因为如此，她也才会被20多岁就当了副旗长（副县长）、30多岁就当了军工企业干部处处长、负责招工的我父亲给看上了。结婚后，父亲的一个家族爷爷和姑姑，母亲的一个家族姥爷和姥姥都齐聚到了这个大家庭中，有了哥哥和我。父亲故去，还年轻漂亮的母亲被多人提亲及骚扰，这当中不乏将军、高干。而母亲最终却选择了一远房亲戚介绍的老实忠厚的继父，说来也是巧合，参加过抗日、解放战争，当过包头和呼市糖厂厂长的继父和父亲同年同月而生。只是父亲年仅49岁就含怨而去了，而现在已离休并年过八旬的继父却仍硬硬朗朗地活着。

母亲出生于山东省荣成县（现改市）木也岛乡。但我在地图上却从未查到过这样一个地名（实际上地图标注为镆铘岛，乡亲音习而称，简化为之），只是在家里常常接到的信件和包裹皮上见到过这个地名。那包裹总是寄来一些当地特产的花生、青鱼干和虾米皮、海蛤蜊、海蛎子等海产品，于是我从包裹里感受到了一股浓浓的海风。后来，在我10多岁时，因姥姥孤身回乡重病，我和哥哥就随姥爷来到了这个四面环海的小岛——这便是母亲的故乡和出生地。当时这个岛属烟台专区，现已划归了荣成市。记得当年上岛涨潮时就不能走陆路，除了乘船别无他途，要登岛经过一个叫宁津的镇。这个岛充满了神秘的传说，因它同韩国的巨济岛邻近，姥爷他们年轻时出海打渔稍一偏航就漂到了彼岸，还听说姥爷家一个远房亲戚干脆弃渔从军，后来竟当上了韩国的军区司令。据乡亲们介绍这两年青鱼大丰收，是缘于这些原本聚集在日本海域的鱼，因潮汐海流等因素，举家游向了中国海岸。由于青鱼产鱼子，日本人认为吃了多子多孙，就花高价又从这里买回去。而这小岛的前沿化、国际化也就给年幼的我带来了某种刺激和神秘感，也启蒙了我的文学想象，17岁那年我以这海的源流写成并发表了第一篇散文《海天潮思》。那年回母亲老家，顽

皮的我闯了一连串的乱子，掉进过水库、海湾，还从海边捡回一颗驻岛部队实弹训练未爆炸的手榴弹——哥哥在海边常常捡到一些海水落潮时遗下的死鱼，而我却捡回了手榴弹。把姥姥、姥爷吓得心惊肉跳，天天为我担惊受怕，可以说母亲的故乡比父亲的故乡山东掖县（现莱州市）更让我感到亲近，因父亲从爷爷那辈就闯关东到了东北，以致多年我填籍贯都错填成辽宁丹东。让人感到奇怪的是，母亲生于水丰鱼盛的海岛，却在气候干燥、风沙大，难以接触海洋湖泊的内蒙古终其一生。

小时候，母亲在这个岛上小学校读书，成绩是首屈一指的，她字写得好，遒劲有力，不太像女子所写。成年后，从事多年文字工作的我经常愧叹没继承母亲这一特长，有一次竟让她帮我誊写了一篇小说。而且她文章写得出色，正因为如此，她的作文竟被送到县里当作范本展览了一番。说来也许令人困惑不解，母亲的美丽和优异的学习成绩竟然让当时的班主任看上了，想以后娶为妻，而母亲以自己年龄小为由，干脆拒绝了。二十多年后，这个痴情的班主任仍给父亲逝去后的母亲来信想重续前缘，信是我无意间读到的。母亲的初高中是在北京女子中学读的，在那些老照片里，有她别着校徽和同学们在天安门华表前的合影，有穿着运动短衣短裤青春勃发的群像。母亲最终未去读大学而早早工作也是出于解决家庭困难的实际。那年月，到边疆去、到祖国最需要的地方去，召唤了许多投身建设国家的有志青年，父亲和母亲都是在那个特殊年月里来到边疆走到了一起。在西部最大的军工企业里，由于父亲领导干部的身份，母亲就在一个分厂当了多年的政工干事。豁达大度的父亲事事都以身作则，不搞特殊化。为此，当了多年劳模的爷爷临终都是一个临时工，尽管这是父亲一句话就能解决的事。知识青年上山下乡的高潮时，父亲因分管这一块，就带头把哥哥送到了乡下。母亲尽管能力出众，但为了避嫌，也未能再担当重任。多年后，对仕途功名已全然看淡的母亲似乎早不把这当回事了——当有人问她随继父在呼市糖厂小学校当过党委书记一事，她竟令人匪夷所思地说她从未当过，也许是疾病让她思维错乱了，干过的事也全都忘了。她工作过的糖厂在改革的大潮中轰轰烈烈了一番后，破产倒闭，她服务过的小学校也已消失，她的记忆也逐渐稀释。有一次，我问她我到底是什么时辰生的，她瞪着我，想了半天也没想起来，只是说生我的时候赶上停暖气，父亲生着炉子，用两层大被子盖着她。更让人感到莫名其妙的是，她身份证同户口簿上的出生年月日也不相吻合，究竟是 1934 年生人还是 1935 年生人，也让人摸不着头脑。母亲的思维错乱和忘事是在她患病之后。在患病之前的若干年里，她对事物是敏感和有预见性的，这一特性似乎也遗传给了我。在父亲坚持要让哥哥到乡下插队时，她却执意要把他调回来。事后证明这一切母亲都是对的。但母亲的另一面又是刚愎自用和固执的，由于她山东沿海人的海蛎子脾气，她的耐性和温柔就消解了许多。她总想让我按常规学好数理化，而我却爱好写诗；她让我去读一些所谓的正经书，我却在课桌下读高尔基的"三部曲"和《上海的早晨》。这让她很为光火，踹门训斥、手脚交加，夺书斥为毒草。这种脾性使她勇气倍增地当着领导一干人当众指责对父亲的不公，并让对方低头。又会让她无缘无故地指责我和哥哥，甚至暴打我们一顿。我不知哥哥日后形成的同样刚愎自用的坏脾气是不是也有这种遗传。多年后，母亲检讨自己的言行时说，怪她当年许多事弄不懂，我却执意认为这和她当了多年政工

干部，带有某种"马列主义老太太"的感染有关。母亲后来大彻大悟，思想也发生了质的变化。

在往昔我们这个大家庭里，母亲无疑是个起到中枢作用的人，父亲由于在民族地区当过干部会说蒙语，到兵工企业后，他身边也聚集了许多民族地区的蒙古族干部，他们常常以谁当过县太爷为线，定期到家中喝酒吃肉，每逢此时母亲就耐心下厨。父亲好交游，上上下下有许多朋友，母亲也一并接纳。父亲的表弟和妹妹从上学到结婚生子都以父母亲的家为中心，善良的姑姑自己重病在身，还时不时在两个表弟的陪同下奔波百里去看她，足见其感情之深。沈阳的姨妈，也是母亲唯一的妹妹，更是对母亲言听计从，鉴此，母亲去世至今也未敢将这一讯息告诉她。烟台的表姨妈在她身体尚可时，总想邀她来一聚。20世纪70年代，我的一个同父异母的哥哥突然来到了我们身边，这个哥哥因他继父的出身问题，各方面都很出众的他只好插队在一个军马场工作。为了他的前途和发展，父亲便想把他过继过来，对此，母亲不抱任何偏见地欣然接纳，从此他便走上了坦途：入了党，上了大学，毕业后（那时父亲已去世），是母亲托人把他调到了包头医学院，后来他当上这个医学院附属医院的中医科主任，并留学日本、英国，现已成了名医。

但母亲对当时的一些权贵很看不惯，她极为反感那些所谓官太太的矫揉造作。这一点，她和父亲劳动人民的秉性相通，动手筛煤块、腌酸菜，骑自行车去看亲戚，也不向父亲要车。父亲在运动后放回来的第一天就主动到厂里去上班，母亲则把父亲被带走时穿过的貂皮大衣让我当成遗产保存。母亲改嫁从包头到呼市后，未告诉哥哥，却把我带在了身边。但没两年我

就上大学了，毕业后留在了北京，和母亲也是聚少离多。孔子曰："父母在，不远游。"但我同哥哥天各一方，说到尽孝，也是爱莫能助。更何况来到两个只是为生活而生活的老人身边，话也不知从何说起。哥哥的儿子在一年学校放假时专程和同学来看她，这让母亲非常感动，以后她见人就夸，说她这个英俊的孙子如何懂事，同她如何亲云云——母亲常想把自己的希望寄托在他身上，事实上考上中国青年政治学院的孙子也实现了她一半的愿望。

从 2003 年母亲第二次得脑血栓之后，先是半身不遂，后来就慢慢瘫痪在床上了。这些年，我身在北京，母亲的病成了我心中一个重重的阴影，每年过年回家都看见继父和保姆给她喂饭，清理大小便，我站在一旁却不知干些什么。继父 80 多岁了，对母亲照顾得细致入微，母亲也常说，若没他在身边，自己不知怎么活下去。继父的女儿养着两个孩子，还时不时过来关照一下。两个保姆也是因我们兄弟俩不在身边专为她雇的，一个负责白天，另一个负责晚上。做生意的哥哥和在银行工作的嫂子也是呼包两市地来回奔波。时间久了，大家也都很疲惫，脾气跟着也越来越坏。母亲去世后，我常自责我为她做过什么，尽过多少孝？我在她生日时寄过两次蛋糕；八月十五也寄过几次月饼。去泰国旅游，到著名的金阁寺为她的病祈福贴金，并为她买了一瓶据说是治这病的特效药蛇毒胶囊，还为她寄过 8000 块钱；每逢过年过节家里人都让带上一些钱给她；母亲节打电话问候她，她说她还不知道有这么个节；等等。但这一切究竟又能说明什么呢？对母亲我是未尽到应尽的责任的。母亲第一次患脑血栓是在 1987 年，当时，我还在呼市工作，闻之就急忙把她送进治这病比较见效的中蒙医院输液，输了两天，哥哥来后又把她转到内蒙古医科大学第二附属医院，终于抢救了过来。又过了15年，母亲第二次犯病却想硬挺过去，一直在她身边照顾的继父竟也糊里糊涂地认同了她的固执，为此，我常常抱怨继父有了上次教训，何以还会这么大意。现在医学证明脑血栓犯病7小时之内输液抢救便能救过来，过后就无力回天了。

但母亲却很乐观，总认为有一天她会好起来。虽说她吃喝拉撒都在床上，但两个保姆却因她的人格同她产生了很深的感情，吃在一起住在一块，她走时，和亲戚一道帮她穿上送葬的棉衣。母亲去世前接连犯过两次肺炎，两次我都差点儿飞回去，但她随后又退烧了，我也多多少少放下了心，没承想这不过是回光返照的有限时光。母亲的遗体告别那天，她的遗容安详得宛若圣母。彩色头巾和花棉袄衬托着她格外美丽。我同亲人们站在她遗体旁边亲吻了她的脸颊喃喃道：妈妈走好！

母亲去世后，一位文学长辈电话里对我说，从某种意义上这也是一种解脱，一个人没有任何痛苦的死去，也是上天的造化。而另一位友人也给我发来短信称：虽然活着的人总要节哀顺变，但每有相识的人去世，我都想到善良和人文会给生命永恒的意义。母亲曾讲过，她要把所有的苦难承担在肩上，带进阴间，以便让活着的人更好的活。实际上她已经做到了，临终她还给我了一种难以言表的精神力量，诚如雨果在《悲惨世界》中所说：她用她的爱、她的美德把一个人从痛苦中拯救出来，而当这个人走进生活时，她却悄然离去了。在母亲故去后的2009年5月16日，也是观音斋的这天，我专程到西山八大处的灵光寺为她和父亲进行了超度，并将她的名字刻在了灵光寺的功德碑上，由此我也如

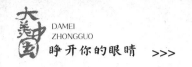

释重负地完成了她的夙愿——在天国里她和父亲会幸福地相会。

母亲生前曾对哥哥说起，她死后不留骨灰，要撒进大海。而我执意要将她同父亲并骨，因这是她也是我们心理上的一个归宿。

同母亲共同生活了 20 多年的继父也通情达理地应允。而母亲想要把自己撒向大海，是不是也想回到生她养她的海岛？那是生命的海——母亲的海，在这大海上，她的魂灵会自由地飞翔。

谨以此文献给母亲节。

我们伟大的祖国
是上下五千年

    在中华人民共和国成立多少周年之际，电视、报纸、标语等诸媒体及人们口口相传的"在祖国多少华诞"即将到来的时候，"在祖国母亲60岁生日来临的日子""伟大祖国多少年所走过路程"等比比皆是。一些歌曲也这么堂而皇之地唱着："今天是你的生日，我的母亲"等。实际上，这类遣词造句和用语都是不准确和错误的。早在10多年前鄙人就在报上发表过文章，指出过这类称谓的谬误——因我们有着悠久历史的祖国的时空，是远远超过

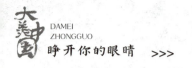

60 年的跨度的。

　　"祖国在我心中，我同祖国一同成长！"这或许不能称为病句，但后半句起码也是词不达意。因我们常常引以为豪的便是，我们的祖国是有着上下五千年的文明史。如果从山顶洞人和元谋猿人被发现算起，那应该是一万八千年和一百七十万年了。实际上，人们常说的"祖"，古来大多是以祭祀先人而来的，所谓的"左祖右社"，也是指拜祭祖宗的宗庙。把祖宗延伸成"祖国"一词，今人解释成从祖先一直代代居住生活、自己也在此出生的地方，移居海外的人们以前所居住生活的地方。而在各类百科注释上，人们也可查到：祖国应当是祖先开辟的生存之地，后经生生不息的传宗接代繁衍至今而形成的"一片固定疆土"。因此，从民族传统文化的认知理念中，人们通常就把"一片固定疆土"称为祖国，并赋予这片疆土生生不息和传宗接代的特殊含义以崇

拜、爱惜和捍卫。更具深意的是，人们又把祖国比喻为母亲，而母亲又恰恰是繁衍生命最直接的载体寓意。而这样一位"高龄高寿"的母亲，竟让一些人折寿成了几十年，令人啼笑皆非。试问，你同祖国一同长大，长了多少岁？秦皇汉武、唐宗宋祖、康乾盛世哪里去了？孔孟之道、诸子百家、唐诗宋词《永乐大典》和《资治通鉴》又到哪里去了？我们博大精深的古乐、绘画、书法、文

死去元知万事空
但悲不见九州同
王师北定中原日
家祭无忘告乃翁

陆游

学、兵书典籍又到哪里去了？斯美塔那作曲的《我的祖国》并不是仅指今天的捷克；电影《上甘岭》中的插曲《我的祖国》也唱道：在这片辽阔的土地上，到处都有明媚的风光。

被称为世界四大文明古国的祖国，一下子被矮化成了短短的几十年，是习惯和常识的错误。别忘了，毛泽东在给人民英雄纪念碑题词时，还写上了：……由此上溯到一千八百四十年……可见他心目中的祖国也是源远流长的。新中国是伟大祖国的延续和传承，所称的中华民族伟大复兴，也是复兴我们已有过的乾坤盛世。由此你若说新中国成立几十年没错；你若讲中华人民共和国诞生几十年也没错。但动不动就把千万年的祖国轻飘飘地描绘成几十年，就是大错特错，是必须要加以纠正的。

时装"松绑"之后

　　过去的很长一段时间里，中国人好像很喜欢过包着与裹着的生活。城墙是包着的，墙内的政府机关也隐蔽在其一隅；院子是包着的，学校是围着的；人是裹着的，腿裹起来，脚缠起来，长袍马褂如同把人装进一个筒子里。新中国成立以后，长袍马褂逐渐被红黄蓝绿等颜色的服装给涂抹掉了，在这个过程中，时装款式、颜色的更新似乎总是同国家的意识形态紧密相连。

　　20 世纪 50 年代，人们讲究朴实，追求军绿色，但由于中苏友好，从彼国传来的"布拉吉"盛开在中国妇女们的身体曲线上，

列宁装也随处可见。可以说,中国人大规模地欧化生活恰是从这一刻开始的。但紧接着,中苏交恶,"文革"开始,欧化的进程被切断,人们开始谴责资产阶级的奇装异服。在"准备打仗"的时候,军大衣、军便帽又开始盛行,抢军帽成了街头上常见的一道景观。穿着这类服装的人好斗好争,喊着口号去参加一个又一个的政治运动。大概是改革开放后,牛仔裤、喇叭裤开始盛行起来,裤子紧绷着,能勒出男女臀部的线条。据说,这是由美国蓝领工人的工作服演变过来的——不过,这是我至今仍最喜欢穿的裤子,休闲、随便、耐穿又不失时尚。

记得 20 世纪 80 年代中期,街上开始有不少靓女喜欢穿大领口、露玉臂、展纤足的鲜衣,你来我往的眼神便时不时地向其多觑上几眼。一次,我开玩笑地问同行的男士:"你总回头看什么?没见过?"他则假模假式地说道:"这人我很面熟,好像是我妹妹的一个同事。"

今天,这类"此地无银三百两"的事似乎已很少见了。盛夏到来,阳光好像一阵风似的吹去了太太、小姐们的领口、衣袖,她们迫不及待地穿上各式时装,展示自己的玉臂、雪颈、秀足和凹凸有致的曲线。今天的时装潮流变化之快真有些令人眼花缭乱、目不暇接:宽松的、紧身的,流线型的、非流线型的,欧美风、波西米亚风、日韩范儿,白领风格、休闲风格……每种款式都能找到其对象,什么样的服装都有市场。朴素大方、清新简单的也好,风情万种、妖艳怪异、珠光宝气、华贵四溢的也罢,谁也不会大眼瞪小眼地大惊小怪了。商场买不到还可去网购,总会有称心如意的式样。总之,这纷繁多姿的时装世界背后,潜行着社会的进步、观念的更新、想入非非的追求与异想天开的探索。

人们渴望松绑、渴望开放、渴望将自己的肢体从筒子般的长袍马褂里挣脱出来。国门打开了，思想解放了，观念改变了，时装也从捆着绑着的一团布中露出了头头脑脑。开了怀，大家比着出奇、比着出新，时装设计师比着看谁能创意出更妙、更怪、更胡思乱想的时装杰作。

于是，人们就抓紧时间地比学赶帮超。

于是，人们就聚精会神地看电视里的时装大奖赛、选美比赛，猜足球世界杯闭幕式上行走在蓝天白云间的众模特中哪一个是中国女子。

追求时尚的国家，经常会有这样一个现象，即政界与演艺界明星的时装样式会在无形中影响社会的服饰潮流，如戴安娜的帽子与杰克逊的夹克，日本王妃的裙摆同织田裕二的背心，马英九的西装与默克尔的红色上衣。中国还鲜见这类追风赶潮，但也有过临摹麦克镜的时髦与高仓健高领风衣的酷样，这都凸显出饮食男女们想要冲破樊篱、追

求美好生活的愿望。

电影《霓裳风暴》的结尾，因服装设计师意外身亡，人们居然在时装大奖赛上看到了一群模特一丝不挂地款款向你走来——这是最本质、最原始的"时装"，是你我他（她）都具有的。但这又不是"皇帝的新衣"，是各式时装的架子的原材料——可画出最新最美的图画，可写出最新最美的文字。

时装之潮流将走向何方，纵然是我们无从捉摸的，但可以肯定的是，未来的时装世界必然愈加开放、自由、流光溢彩。

"撞沉吉野"的李默然

　　李默然去世了。人们能记住他演的影片，是那部《甲午风云》及"撞沉吉野"那腔著名的怒吼。报道称，他还演过《兵临城下》《走在战争前面》《检察官》《花园街五号》《报春花》等影片。这对一个从事演艺事业半个多世纪的老演员来说，演过的影视片也实在是少得可怜。

　　多年前，大概是在政协会上，我用胶片给他拍了张精神矍铄、气度非凡的照片。从那正气四溢的神态中，我常想，这张面孔若假以机会，肯定还会塑造出众多的银幕形象。而且不止他，

辽宁人民艺术剧院在《甲午风云》中扮演李鸿章的王秋颖及在《兵临城下》出饰起义的国军师长赫海泉，都是演技出众的演员。遗憾的是，这些优秀演员几乎都昙花一现，在银幕上一闪而逝。当然，他们也还演过很多话剧，塑造过诸多舞台角色，但那毕竟只存在于人们的记忆里。光影声画留下的人物形象屈指可数。

影视业发展到今天，表面上看似很繁荣，实际上圈子却越来越小，从事演艺事业的演员，出色的也就那么几个。家天下、夫妻档，演来演去就那么几张面孔，而一些演技出色、宝刀未老的资深演员就被闲置在了一边。是导演们不想用他们还是别的因素使然。北京人民艺术剧院何冀平不久前执导的话剧《甲子园》，起用了80多岁的蓝天野和朱琳等老演员，效果绝佳。可见这些造诣精深的"老家伙"还是能发挥余热的。

话再扯得远点儿，赵丹活着那年月，也未充分展示自己的演技多塑造几个角色。具有讽刺意味的是，演完《武训传》，受过大批判之后他还演过《林则徐》《聂耳》《烈火中永生》等影片。相反，在"文革"结束后，创作相对宽松的20世纪80年代，临终他都未能再重上银幕。很想"过戏瘾"的赵丹想饰演鲁迅，也想扮周恩来，最终只留下剧照聊以自慰。演技出众的老演员们被闲置，相对于影视剧的演员荒形成鲜明对照，以致人们只有在回

顾"老影片"中回顾往昔。不错，演艺界长江后浪推前浪、推陈出新是必然，但是否能择其余英重放光辉呢？

李默然带着邓世昌的形象黯然走下舞台，留下的人物形象难免有些落寞和萧瑟。我个人认为，他扮演的银幕角色，多少也带有舞台痕迹，演一些很生活化的人物，似有些过火。但若去饰一些特定环境里的"英气"人物是再合适不过了。如《甲午风云》中有着标准军人气质的邓世昌便是一例。据说，当时为表现出邓世昌气宇轩昂的气度，他特意学了京剧的台步、甩袖等招式步驰在战舰上。

"撞沉吉野"是句壮志未酬的悲情绝唱，"吉野"最终在咫尺之间未被撞沉。小时候，看过一本连环画，结尾却阿Q般地描述道：只听轰隆一声巨响，"致远号"与"吉野"相撞，撞沉了敌舰。这似乎代表了人们的某种"精神胜利"和心理期待。但李默然演的《甲午风云》没有违背史实，他只留下了那句悲愤的"撞沉吉野！"

建水观孔庙

　　说起来，也许令人难以置信，全国第二大孔庙不在儒学盛行的中原地带，而是在边陲云南红河州的建水县。宏大的孔庙建在这里，的确令人费解，况且这是在元世祖忽必烈时期建的，这对放弃元朝的正统思想统治来说，无异也是一个挑战。但建在这里的孔庙似乎并不被人说起，众人谈得更多的是在福州、北京、衢州、德阳等地的孔庙。建水曾称步头，也就是中国的最南边了，走到这里再往南走就是别的国家，是越南还是泰国，不得而知。孔庙建在这里又有何意图呢？

　　反观历史，也不难作出解释。因忽必烈朝代依据汉族的古代文献《易经》改建国号为"大元"，这就表明他所统治的国家，已不只是属于蒙古一个民族，而是中原封建王朝的延续。忽必烈希望把自己扮演成中国文化的保护人，在笃信佛教的同时，运用汉法治理国家，儒家自然就受到了重视。

　　迄今已有一千二百年历史的建水，从那时起，就是滇南政治、军事、经济、文化的中心。明清两代为临安府，明代文人谢肇淛撰写的《滇略》一书中称"临安之繁华、富庶，甲于滇中"。故民间有金临安、银大理之说。而孔庙经历朝扩建，就成了今天的规模。早年，我到过山东曲阜的孔庙，对那庙中参天树木组成

的孔林记忆犹新，至于它那壮阔的建筑群则已淡忘了。孔林也许是寓意学子成材，而建水孔庙进门则见20余亩的"学海"（泮池），塘内碧波荡漾，四周柳丝轻拂，池中还建有思乐亭，左右有"礼门"和"义路"。泮池于明成化年间按古学宫之制开挖，弘治年间拓宽为椭圆形，水面即达40余亩。池中有一小岛，有堤和桥相通。岛上建鳌亭，也称思乐亭，取"书山有路勤为径，学海无涯苦作舟"之意，以勉励生员奋发学习，他日功名成就，犹如钓得海中大鳌。这孔庙经明清两代按山东曲阜孔庙的布局扩建，形成了另一种规模，主要建筑有二殿、二庑、二堂、三阁、四门、六祠、八坊，说气势宏伟还平添了一股秀韵，水中的荷花漂浮映天，亦有了另一种风水的布局。

我们是在雨后初晴那天来到建水孔庙的，天上的云渐已化开，蓝天露出了一半，并慢慢扩展着。沿学海池塘步向远远可见镌有四字的"洙泗渊源"孔庙而去，仿佛游西子湖畔那样观荷望桥，领略清风送爽中的园林庭

阁。燕在柳树上飞，人在水侧游。在建水这闹市中，出现这占地114亩的"大观园"，着实让人感到不可思议。但见那飞檐、那斗拱，那狮、象、麒麟和龙的石雕与两侧的花砖短墙组成五檩三重檐牌楼顶。当中两扇大门饰以鼓钉，门前置石鼓一对。东西两岸有路和红墙相围，路旁有林荫花木。再往前看，坊间立有"官员兵民人等于此下马"碑一块，坊侧面红墙上镶嵌约一米高的"鸢飞鱼跃"石刻大字。转过身，南面的焕文山倒映在池中，山光水色与露出的蓝天白云绿树相映衬。旧志记载：泮池澄泓如镜，上面石台肪截，宫墙万仞，金碧交辉，宏整巨丽冠迤东西。从泮池后的台唇登上数级石阶，有"洙泗渊源"坊三楹，均高九米。坊檐下密密层层地饰以精巧玲珑的斗拱，在麒麟和狮子的额头上各雕刻一个跪姿的石人，头顶一朵石莲，石莲上安装一根雕龙细圆木柱，四个石人四根木柱支撑起最高一层坊顶的四个檐角，形成两根主柱并列悬挂四根吊脚辅柱的架势，仔细观赏，腾挪自如。牌坊两侧各有砖雕龙凤壁画一幅，一幅为"二龙戏珠"，另一幅为"双凤朝阳"。壁画上用砖砌成斗拱样，覆以瓦顶，与三楹坊顶组合成叠罗汉式的三重檐歇山顶，檐角飞翘，远观如雁阵飞临泮池之上。"洙泗渊源"坊背面的门楣上写有"万世宗师"四字。坊后东西向又横陈四座砖石底座、土木筑顶的牌坊，亦各高九米，九九为尊。上面题写"德配天地""道冠古今""圣域由兹""贤关近仰"。眼向下移正中方顶的辅柱亦有龙雕，造型与"洙泗渊源"坊相近。坊间空地上陈列着二十余块石碑，记载着明清时期修庙的经过。

这石碑虽仅记着修庙的经过，但也渗透了历朝历代莘莘学子孜孜以求渴望金榜题名、功成名就、光宗耀祖的乞求。据了解，明清两代建水科举考取功名的人士就占了整个云南省的一半，不知是不是这孔庙的神祇作用。

　　来孔庙那天，正赶上孔子诞辰的祭日，有穿汉服吹笙拉胡弹琴的乐队在师之大殿之上奏思古之雅乐，引来许多老外夹在游人中观赏这一仪式。斯时，一穿着红色外套的应届高考考生，手捧高香，在母亲和亲戚的陪伴下，鱼贯而入。他先是在功名牌里

系上名签，然后焚香登堂三叩九拜，一旁的住持赐给他写有祝福的文书。事后，我趋前问他，知是为不久后考大学考出好成绩祈祷的。高考已过去了两年多，我非常想知道那位考生的愿望达到否，以印证这心念的灵验。

说来令人感慨万端，孔子半部《论语》治天下，也因此得罪了一些天下人。人们拿他的封建礼教开刀，认为他毒害了世人。千年过去，他的灵魂仍不得安息。砸烂孔家店也好，"批林批孔"也罢，他总脱不了干系。袁世凯当年祭孔拜天，赶上革命浪潮风起云涌，也夭折归西。历史似乎也陷入了一个又一个怪圈中。"三十而立，四十而不惑，五十而知天命，六十而耳顺，七十而从心所欲，不逾矩"有多少人领悟了呢？而"不知命，无以为君子也；不知礼，无以立也；不知言，无以知人也"的告诫今人又听了吗？

孔子背着大成至圣文宣先师的名号，魂游了千年，这里的庙堂上也显现着，但那已隐在历史的尘埃中，成了典章。

三顾绍兴

　　绍兴是鲁迅的故乡，然绍兴又不仅是鲁迅一颗星辰在闪烁，人说鲁迅只是绍兴历史的沧海一粟。这里群星璀璨，人杰地灵。单看那文曲星下凡的名录就会吓你一跳：王充、贺知章、陆游、唐琬、朱买臣、王冕、马臻、虞世南、徐渭、陈洪绶、章学诚、赵之谦、王阳明、曹娥、元稹、蔡元培、周恩来、周作人、邵力子、陶成章、徐锡麟、秋瑾、竺可桢、许寿裳、夏丏尊、马寅初、柯灵、孙越崎、朱庆澜、范文澜、陈建功、六小龄童、陈道明……而同绍兴有关的物华天宝、人物则举不胜举，迁居绍兴留下千古名帖的王羲之便是一例。世上恐怕没有第二个像绍兴这里聚集了众多令神州陆沉、翻江倒海、重整河山的大禹神人之地了。相传大禹就出生在这里，这似乎成了一个治水救患的象征。

　　一个鲁迅，百多年来颠覆了整体中国国民性的陈腐；一个蔡元培，又孕育出摧毁封建王朝的众多思想斗士。在各地圈夺名人神祇、见贤思齐之时，来到绍兴这湖光山色前，都会相形见绌、自叹弗如的。说绍兴的英杰构织了半部中国思想文化的近代史一点也不为过。但绍兴又是个反叛的城市。近代以来，各路仁人志士，都义无反顾地举起了摧枯折腐的旗帜。秋瑾、徐锡麟之惨烈，鲁迅、蔡元培之彻底亦铸就更生了这中华魂魄。

　　绍兴因有鲁迅的故居，城内便有天下第一故居的标志，这看上去有些不伦不类，却也让人引颈而望寻觅都昌坊口里周家新台门的故居。这原蛰居在窄巷中的故居，可说是衰败的写照：周家的三间平房已被拆除，后园的百草园已被近邻朱家割去了一半，成了朱家花园的陪衬。1893 年鲁迅的祖父周福清因为科举舞弊案而被革职下狱，鲁迅兄弟则被安插到离城有三十多里的皇甫庄大舅父的家中避难。周福清被判"斩监候"，入狱 8 年，正是从那时起，周家开始衰败，房产也一折再折缩减成今天这个样。新中国成立后，老台门被国家收购，拨款加以修葺，先后曾为绍兴图书馆、民俗博物馆和文物管理局所用。现在老台门又恢复了旧貌。

　　说起来，我已是三次来到这鸾翔凤集之地了，到绍兴参与鲁迅文学奖的颁奖盛典，备受感染，特别是这奖中也有我编辑的作品。经年累月，各地文人墨客不知慕名来过这里多少次，除鲁迅外，尚有王羲之的墨宝。人们至今称鲁迅为先生，可见仍想听他百多年前的教诲。二十多年前来到这里的我，经鲁迅纪念馆馆员徐明华的同意，竟住进了百草园一侧，并破例到鲁迅幼时学习的三味书屋里，在鲁迅幼年刻下的那个著名的"早"字桌前坐下，手抚刻印，心驰神往了一番。清晨，早早起身循入百草园时，此处阒寂安然，只有树木花草在晨曦下慢慢显出轮廓。鲁迅笔下的描绘呼之欲出：我家的后面有一个很大的园，相传叫作百草园。现在是早已并屋子一起卖给朱文公的子孙了，连那最末次的相见也已经隔了七八年，其中似乎确凿只有一些野草；但那时却是我的乐园。看着萧条的园子，虽然当中确有一片种着花草的园地，但鲁迅描绘的紫红的桑葚，何首乌藤和木莲藤已难分辨出。倒是日本友人在园地旁立了块刻有"百草的园"的碑，显示了它早年的印迹。

绍兴可说是充满了鲁迅文化。鲁迅笔下的鲁镇原本是虚构出来的，现也在水过船行的尽头出现了。镇上祥林嫂在当街哭泣乞讨，戴着毡帽的阿Q与豆腐西施杨二嫂也忽隐忽现在街巷周边，伴以茴香豆与老酒的叫卖声。这绍兴老酒在邻近鲁迅纪念馆的咸亨酒店里饮之别有一番滋味。但孔乙己喜欢吃的茴香豆硬得则不敢恭维。我常想鲁迅的反叛精神也许在这沉郁压抑的老宅里就形成了。那阴暗光线照射下充满礼教的德寿堂已让他思想穿越了出去，但德寿堂两旁柱子上红底黑字的楹联却不像鲁迅后来斗争性那么强："品节详明，德性坚定；事理通达，心气和平。"鲁迅终身横眉冷对千夫指的犀利笔锋与此正相反，他是否回首过这警示呢？鲁迅从他笔下闰土和鲁四老爷中间走出，走向日本、走向杭州、走向上海、北京和厦门，为我们留下了丰厚的精神食粮。这食粮让澳大利亚作家写出《鲁迅的四个故事》；让大江健三郎感叹至今还在向鲁迅靠拢；让刘和珍君等后辈青年男女们奋斗不息。

绍兴乃夏禹帝贵胄之地、魏晋第一大都市、宋朝都城、贵族城市、天下第一富贵风流城，宰相元稹赞"会稽天下本无俦，任取苏杭作辈流"！赞"仙都难画亦难书。"诗仙李白叹"会稽风月好"！坐乌篷船、观水上社戏台都有鲁迅笔下的景况，而会稽山、镜湖月都衬映着绍兴八百里的湖山图画，十万家灯火近楼台。难怪这里聚集了那么多的历史横断面和书写这断面的人。王羲之鹅池泼墨，神仙会留下的千古名帖《兰亭序》碑，"文革"时差点毁于一旦，幸得有侠胆之人用泥土遮上幸免于难，今重见天日，光耀千秋。绍兴市闹市区轩亭口路中央有一秋瑾的纪念

碑，因妨碍交通，几经研究搬迁未果，也就一直矗立在十字路口。有一醉汉酒后驾车撞上倾斜过，现又重新扶正，屹立在路中央。秋瑾的英姿昭示着国人不屈的反抗精神，这是绍兴人的骄

傲，也是国人的自豪。

绍兴有许多天下第一的称谓，除鲁迅故居外，镜湖也称天下第一湖，这虽有些夸张，天下山水比之风雅颂也不在这之下。但绍兴的风水让群贤毕至、龙盘虎踞，也使它身著图像，名垂后世。三次来绍兴，总是匆匆而去，那碗绍兴老酒里酝酿的文化气息似乎还未品透，假以时日，必将于咸亨酒店人丁稀少之时再次来临，坐在夕阳下，"再温一碗酒"的。

鲁迅的位置

对鲁迅持有异议，并非自今日始，20多年前，便有异见者的灼言面世。更早一点，先生尚在世，也有非议者，不足为怪。批鲁迅的女作家苏雪林终生未改变过她的观点。然而，今人对"鲁迅的批判"却感到如坠五里雾中，因鲁迅本身就是一个批判性极强的人物，换句话说，就是和那些批判他的有识之士并无二致。

鲁迅塑造出了阿Q，近百年间时时警醒着我们。鲁迅呼吁青年们要"将中国变成一个有声的中国。大胆地说话，勇敢地进行……"难道不是他的批判者所要继承的精神吗？至于说鲁迅被放在"教科书"里，鲁迅被毛泽东称为硬骨头，号召文人们顶礼膜拜，那完全是鲁迅所不知的，这就如同曹雪芹今天醒来，看到贾宝玉已

◎ 鲁迅的儿子周海婴

◎ 著名配音演员乔榛、丁建华朗读鲁迅篇章

被解剖到了五马分尸的地步，一定会大惊失色、瞠目结舌一样。把鲁迅抬出来，人为地贴上一些鲁迅自己也肯定要反对的金字招牌，那纯粹是一些"领导者"脑子里"阶级斗争的哲学"在作怪。想要整人、想要打垮对立面，就必须拿起一种"思想武器"进行利用——鲁迅也就如此这般地被政治油脂抹在了投枪上。

但人们似乎忘了，鲁迅所处的年代并不是在"阳光灿烂的日子里"，鲁迅所批判的人和事今天仍在我们身边招摇过市，这些人有的还在打着鲁迅的旗帜。打着鲁迅旗帜的人并非真就有着鲁迅的精神，有人曾预言，鲁迅如若活到今天也肯定被打成"右派"或"封资修"的代言人。常常引用"鲁迅语录"的人，何曾让鲁迅精神真正发扬光大过呢？一部早在二十世纪五六十年代就

已调集"精兵强将"准备投拍的故事片《鲁迅》(赵丹拟在其中扮演鲁迅),被搅黄了后,多年未上马,好不容易拍出,濮存昕片中演的"鲁迅"一片,也无声无息。有人一度说要发扬鲁迅精神,可谁要真正像鲁迅那样仗义执言,肯定要被打翻在地。倡导者还说过"舍得一身剐敢把皇帝拉下马",可谁要真正触动了一下肯定让你备受批判,这还从何而言"鲁迅的硬骨头"呢?批鲁迅,也许是对文化专制主义另一面的反抗,然而错位的是,鲁迅也在说"要论中国人,必须不被搽在表面的自欺欺人的脂粉所诓骗……"当然,把鲁迅从文化圣坛上请下来,平心静气地交流一下,分析分析甚至提出反对意见也未尝不可,我想这或许也是鲁迅在天之灵所欢迎的。问题是用批《水浒传》宋江的精神来批鲁迅,鲁迅本人又在哪里呢?

不久前看到日本文学研究学者许金龙赴日对诺贝尔文学奖得主大江健三郎的采访,大江健三郎认为 20 世纪亚洲最伟大的作家就是鲁迅了,可我们这里却在没完没了的"没事找事",以别人说"正"我必要说"反"的"勇气"在进行"自我批判"。当务之急,不是带着起哄的心态以批判鲁迅为荣,而是真正体现出鲁迅的思想、精神——不只是挂羊头卖狗肉。因鲁迅的位置早已摆在了那里,动摇他又有何用?又能出现一群鲁迅吗?

香味四溢的瀑布

    进入黄果树瀑布公园景区，沿着错落的石径向水声处行走时，一股芳香扑鼻而来，因石径两边花卉竞相斗艳，一时尚搞不清这香味从何而来。是梅、是牡丹还是槐树，要不就是穿插在枇杷与蓉芳之间的茶花。向公园的环卫女工打听方知就是黄果树的香味。因这黄果本身就为芸香科乔木，又称广柑、黄果、橙、广橘，故而在这以黄果树命名的瀑布周围，芳香自然就散发了出来。

    黄果树瀑布严格地称，应是由18处瀑布群组成的天降景观。除黄果树大瀑布外，还有银链坠潭瀑布和滴水滩瀑布等。黄果树瀑布形成于典型的亚热带岩溶地区，谓"岩溶瀑布"。这"岩溶瀑布"同漓江一样同为珠江水系。传有珍珠的珠江真是珠翠纷呈，东西两个流域竟孕育出了漓江山水和这黄果树瀑布两处奇观。

还未见瀑布，黄果树弥漫的香味就将远方的水声带到了耳畔，潺潺的、唰唰的、隆隆的，直至铺天盖地暴雨般地倾泻在你的眼前。观这大瀑布之前，出现在廊桥下的银链坠潭瀑布似乎是一种铺垫，它气势没那么大、没那么汹涌，似白雪卧在峰峦，由于它的坡度有一个缓冲的落差，水流便有了些梳理，一直梳理到河面上散开。

黄果树瀑布则没这么温柔，它是垂直挂在溶岩间的。但从向上攀爬到下贯到它身边的路程，却有了一个等距离的景观。这景深，就似摄影机的长焦镜头从远景中景一直拉到特写那般，每一段取景框里都展示着不同的姿色，远远的，它像飘起的纱帘在葳蕤浓密的果树和花丛间，略近些，它被一些树杈斜挡着，半遮半掩着秀逸，错开树影时，它的水帘又被山揪扯了一下。直到你奔到它的身边，投身到那水雾四溅的瀑布下，这远近高低的水色山光才融为了一体。

黄果树大瀑布从山崖的天边垂下，虽声势浩大，但由于嵌在绿树间，也就很有韵致，水流急泻，又有清流间下，透明处还可见水帘后面的山涧，这瀑布高 77.8 米，宽 101 米，各地所见到的瀑布，应数这里最壮观了。这两年，云贵干旱，但水在这里却是那样奢华地倾

泻着、奔流着，让心生甘泉。这水流的垂落浓缩了生命的呼唤。这里是大自然的宗教圣地，有山就有神，有水就有灵。泰戈尔引《奥义书》说，如果人类在此生中能理解神，他就成为真实的；如果不能，则是他最大的不幸。在这神灵天铸地造的山水间，人们创造出的科学却在自杀，这是为什么呢？黄果树大瀑布的水流平展下来，又形成了第二个台阶，这里又出现了第二个小瀑布，人们在这水流边惊叹着，接二连三地按着相机快门留影存景。这说明人的内心深处除了猎奇外，还有一种美的追求、美的向往。在这大自然的洗礼中，万事万物皆为返璞归真。

从大瀑布返回的路上，果树飘香又充溢了过来，它伴随着我们进入了流淌着岁月的伊甸园中。转瞬，水声渐远去，果树香也已飘散，唯有那幅从天垂降下来的瀑布景观在脑海中挥之不去，它成了万山万树中的一个长久的记忆。

咏　菊

　　如果说把菊花奉为国花，我一定举双手赞成。记得那年秋冬之际，北京植物园举办过一次评选国花的投票活动，我当即把菊花推到了首位。但从评选的情况来看，好像是梅花的票数略多于菊花。这大概是人们对开在寒冬中梅花那种傲寒怒放、迎风而立的坚忍精神给予嘉奖的原因，更何况毛泽东有名的《咏梅》诗给投票者潜在的诱导，也肯定会穿凿附会的。但人们却不知菊花和梅花有着同样的品质。去年秋末冬初，在劳动工人文化宫举办的菊展上，我才第一次感受到了这种品质的可贵之处，这也是我把

她推选为国花的原因。

虽说秋菊，但在立冬之日仍然盛开如云，斗艳争芳。你看那垂珠型的碧玉勾盘，可爱型的春水绿波，圆盘型的金葵向阳，卷散型的嫦娥奔月，一簇簇、一串串，清艳雄奇、典雅大方，而其中的峥嵘傲骨则又倔强、坚韧、隽永、傲然，更可贵的是她有着我们中华民族特有的那种内涵、端庄、沉静的品质。

华贵雍容的菊花大多开在深秋的温室，但玲珑剔透的金盏菊，接春夏之际则在沃野的泥土中展露出小令散曲般的秀芳。金盏菊色彩鲜明，金光夺目，常成街边花坛的列兵，金盏菊为一年

生草本植物，跨年而幽，绵延时令。当婀娜的秋菊迎春而去时，不事张扬的金盏菊则悄然盛开，说金盏菊为惜送、离别之意，亦有些张冠李戴，因她总是不声不响地出现在了你的身边。

　　菊花已经有了上千年的历史。早在春秋年间，《吕氏春秋·十二纪》和《礼记·月令篇》均记载了"鞠有黄花"之句。唐末农民起义领袖黄巢有《题菊花》诗："飒飒西风满院栽，蕊寒香冷蝶难来。"由于菊花家族年年寒秋溢香，娇艳多姿，所以是人们最喜爱的花卉之一。我记得在南国，每逢深秋，大家都要成群结队地去观赏菊展。而从古至今，以菊花为题材的诗篇也屡见不鲜，其中最出名的要数曹雪芹留下的"一从陶令评章后，千古高风说到今"的绝句。

　　但菊花的可贵之处并不只限于供人观赏、给人以雅兴。她且是一味重要的中药，与其他中药巧妙搭配，对于感冒发烧、风火赤眼，疗效甚佳。而平肝明目、消炎祛风、清热解毒则更能大显身手，菊花和菊花晶能起到清神爽意、清凉解暑的作用——金盏菊花茶，现也备受青睐。如今，在世界各地都能看到我们这块土地生长起来的菊花佳品。

　　我咏菊叹菊，皆因菊花爽洁、骄傲，有一种凛然不可侵犯的气质。在风清月澹的时辰，如果你来到她的身边，一种纯真、柔婉的情感会很自然地渗入你的身心。

伦敦眼中的天津

　　海河流经天津入渤海；泰晤士河流经伦敦入北海。天津至大沽口的海河干流全长为 74 千米；泰晤士河从源头到伦敦桥长 338 千米。而从泰晤士河奔向海河，似乎是天方夜谭。因这东西方的两河流域相隔得也实在太远了。现泰晤士河道上停泊有 1805 年特拉法尔加海战凯旋的战舰，供游人观光。这次海战纳尔逊率领的英国舰队击溃了拿破仑的法西联合舰队，虽大获全胜，但英海

军统帅纳尔逊不幸阵亡。这之后的50多年间，这些战舰却远航万里来到了中国的海河河口。1858年，英法舰队袭击大沽口，大沽炮台失陷，进而进犯天津。清政府派钦差大臣桂良、花沙纳与俄、美、英、法各国代表签订《天津条约》。1859年6月，英、法、美以进京换约被拒为由，再次率舰队炮击大沽。提督史荣椿率守军还击，击沉敌舰4艘，毙伤敌军近500人，英舰队司令何伯重伤，史荣椿战死。1860年8月，英法联军18000余人由北塘登陆进占天津。这或许可以追溯到泰晤士河与海河、天津与伦敦的渊源吧！

把泰晤士河同天津的海河沿岸对景画挂在一起，你会觉得这两河旖

旎的风光是那样的静影沉璧、渔歌互答、相映成趣。如伦敦的标志性建筑便是被称为"伦敦眼"的摩天轮，这眼睛在天津也有，称为"天津眼"。泰晤士河伦敦上游，融汇了英国文化的精华，伦敦的主要建筑物大多分布在泰晤士河的两岸，这些百多年历史的建筑，有纳尔逊海军统帅雕像、威斯敏斯特教堂、圣保罗大教堂、伦敦塔和桥面可以起降的伦敦塔桥等，沿岸的名胜之地，诸如伊顿、牛津、亨利和温莎城堡及泰晤士河入海口处繁忙的商船。这一切都凝刻着英国王室与工业革命的印迹。英国的国土面积并不大，但它却一度因"日不落国"而雄霸世界。这征服世界的象征便是泰晤士河畔交汇起的英国。而天津海河沿岸从三条石大街到大悲院文化商贸区，一直沿到古文化街、和平广场、文庙、大沽炮台及潮音寺，也都渗透了中国历史侧面的一页，自金刚桥，到大沽口入渤海湾，海河也是漕运穿梭往返的河道。

从某种意义上说，天津是北京的门户，也是北京的后院，史上许多落拓下野的达官显贵，都一度到这里寓居蛰隐：李鸿章、溥仪、袁世凯、盛宣怀、黎元洪和曹锟、张学良以及赵四小姐等。非但如此，由于鸦片战争后天津成了通商口岸，洋务运动的气息夹杂着一些洋味的光影也穿插其间，连美国前总统胡佛同马歇尔与史迪威也在此暂住过。梁启超在结束了长达 15 年的流亡生活归国后，于 1915 年定居天津，著书立说，皇皇《饮冰室全集》盖出自此故居谐名。说起来，天津从隐士中脱去外衣成为兵

家激夺之地，应是解放战争那惨烈的一幕，天津成了傅作义和北京的试金石。

　　从泰晤士河畔游至海河的那天，是晚霞满天的黄昏，乘船风过，两岸的楼景也颇有欧化味道，"天津眼"在河水的波动中，从夕阳的勾画下渐入华灯映照的彩虹状，远处天津广播电视塔塔尖擎天顶起，灯光中，桥墩及一些风情建筑物上都依稀可见伦敦塔桥周围所见的浮雕，有浴女、有骑士、有爱神。"天津眼"也在一眨一闪中随着夜色降临变幻着她的曲线。她穿过海河、穿过大洋，一直瞭望到伦敦的天穹之上。记得伦敦塔桥在纪念日中也搞过一次用高倍望远镜捕捉世界景观的活动，不知窥见了遥远的"天津眼"没有。

假如蒙娜丽莎是中国人

去英国大英博物馆参观，在中国馆里见到了许多流失海外的中国文物。这就让众多国人感到切肤之痛，认为应有朝一日收归国有才可一洗耻辱并弘扬国光。的确，这些文物有一半是在国弱民衰的年代被列强掠夺过去的，确也有丧明之痛。近年来，随着国力的强盛，文物单位及一些民间机构开始有选择地斥巨资回收这些文物了。如圆明园的生肖头像，用上千万回收国内便是一例，也时常耳闻目睹一些被盗之冰壶秋月、雕玉双联给收购回来，心里欢喜，触物兴怀，于是便眼见着这些宝贝进入玻璃柜里，进入了不知何处的博物馆，也陡生一种阿Q式的满足与胜利感。这回收回来的文物究竟对今人有多少启迪，人们就不闻不问了。

这年月，常听说某地开发商大兴土木，便将地上地下的文物铲平推倒，挖掘扔弃，阵阵声讨谴责追究之声过后，一切照旧进行。所谓抢救性挖掘也不过是杯水车薪，难以为继。又目睹了一些挖出的"古人"身份不明、成了通缉犯般被四处三媒六证，认为此"罪犯"应收"看守所之内"。于是，曹操就被大卸八块，东西蒸煮一番。于是，刘备就身分二身，再次进入了蜀汉相争之地。李白出生在何方也抢个不亦乐乎。对照来看，这类令人啼笑

皆非的你争我夺，就如同盲目回收境外文物那般弄了个不知其所以然。

前两天，媒体报道意大利方将疑为达·芬奇画作《蒙娜丽莎》原型的威尼斯公爵夫人欲掘墓通过现代科技手段验明正身，昭示今人。但《蒙娜丽莎》这幅千古名画，今却被法国的卢浮宫收藏，世人并未因此就认为莱奥纳多·达·芬奇不是意大利佛罗伦萨出生的画家。联想起来，中国的文物因种种历史原因流失海外，进入他国的博物馆并不一定就是坏事。通常所说的弘扬中华文化，这不是最直接的效应吗？比起你在国外搞个展览还要进行打包、搬运、防窃不知要划算多少倍。诚然，对这些文物在积贫积弱年代被肆意掠夺出去，我们是感到义愤，但时过境迁，这已转换成了展现华夏文明的招贴画。假如大英博物馆没有这个有众多中国文物的中国馆，谁还能间接地了解灿烂的中华文明，谁还知道这

文明是世界文明史的重要组成部分？文物流失除了上述所说的历史原因，尚有因盗掘、因偷窃而龟玉毁椟的。不久前，戒备森严的故宫珍宝被窃一案便是一例。面对文物的失窃、被毁，相对于早年就流失海外的那些幸存者来说，实在是件更让人深恶痛绝的事。

由此来看，除具有极大历史价值的文物可回收外，就不必去花那冤枉钱抱布贸丝去了。你要重建圆明园吗？你要重现秦时明月、汉时宫吗？换言之，你若能将现存感天动地的文物保护好、管理好就是功德无量了。再者，中国人回收文物，不必只限在狭隘的国产货上。视野应更开阔一些。常听说某国产画家的画被拍卖行拍出高价，让他国人收购去便感到无比的自豪。但你可曾听说国人收购来莫奈、毕加索、伦勃朗与西方新锐画家的杰作吗？我们的艺术文物价值观仍停留在故步自封、坐井观天的定国安邦中。假如《蒙娜丽莎》是中国人的画作，假如画中人也是中国贵妇，在他国现已

成为世界性的密码，让人去解读，我们又会怎么想呢？是声讨还是感到欢欣鼓舞？博古通今、彼岸唱和。记得圆明园建立之初，就邀西国画家郎世宁来画壁画，今也有许多彼国建筑大师设计的著名建筑立于国土之上，这算不算是中国的成就呢？这样看来，蒙娜丽莎是不是意大利人或是法国人就都不重要了。其艺术价值观成了包括中国人在内的世界共识。因而文物回收抱残守缺的病态可以休矣。

告别三峡

　　来到三峡，是为了告别她而去的。这似乎让人有些伤感。"告别三峡"笔会在这江上漫溢，这让两岸的诗意平添了几多悲壮的色彩。出夔门，入瞿塘峡，两峰夹江，船过崇山，古来的咏叹浮在江水上，衔在岩石间，举目掠过，满目都有深浓的古风与古意。李白、杜甫、白居易留下了诗句。郦道元遗文道：自三峡七百里中，两岸连山，略无阙处。这样的景致还存有，但言说告别，真有些离情别恨交织在胸。告别三峡，皆因三峡大坝要合龙，为此要围堰填筑，导流明渠，高峡出平湖，水淹七军，让沿江的名胜古迹随那成千上万的移民迁徙挪走。往日的盛景亦将沉入江底。而三峡大坝，从论证考查初到今天的兴建，争论就一直不休。赞成者认为它的拦腰横贯将防洪减灾蓄水发电。反对者则认为大坝的建成必将破坏生态环境，给沿江流域带来隐患重重。但不管怎么说，三峡大坝还是横空出世了。

面对三峡这旷世的江天万壑，我是常抱着敬畏心情的，不敢贸然地信笔由缰。什么样的诗句还能比得过李白"两岸猿声啼不住，轻舟已过万重山"的指向，什么样的描述能胜得过刘白羽的《长江三日》那么浓烈呢？早年间陈铎与虹云主持的《话说长江》专题片也音画难忘，让人回味。何况这里是历代文人竞相月章星句，横槊赋诗的地方。有君言：中国到处都呈现出人们崇尚以"空"为本的形象。在这流域，空与实都交相出现在脑际中。实便是从瞿塘峡泛出进巫峡又临西陵峡的三段式水路，在这水路上，白帝城的飞檐楼阁在峭壁上出现，俯视着从她眼下安然而过的汽帆船。随后，巫山十二峰及神女峰也依次显露，这虽是真实存在着的，但又让人产生许多联想。这白帝城是刘备托孤终焉之地，进而使君难解三国相争，怎会把战场波及这么个窄曰的水路周围呢？公孙述当年与刘秀争天下，被刘秀所灭，但他装神弄鬼借"白龙出井"幻化出的白帝城，则给诸世文人带来了无限的遐想。在此地还以县邑相称的朝代，这里已成神仙飘逸的城池了。三峡的水天一色在这航行中因层峦叠嶂，目力只顾向上寻觅，因而就只见巫山不见云了。其实，船下的水流是湍急的，湍急中两峰渐宽又渐窄，直到有一月桥将两壁拴上，悬在头顶，让你欲探月而去。巫山寓巫山云雨，男欢女爱，却有巫山县相命名，生活在这浪漫的山城里，不知爱意会从神女峰降临否。日本人当年侵染到此，占了武汉，就难再向西豕突，也有一半因素是被这三峡险峻所阻。巫山之上尚有令人匪夷所思的几重悬棺垂于陡峭的万丈绝壁之上，悬棺里葬着谁，为何将魂灵寄托在此，至今仍迷雾重重。莫非是眷恋这山川流水，守候在此？

由于三峡独特的地质水系，水患也连年不断，据记载，1931年洪水泛滥吞地5090万亩，淹死14.5万人；1954年受灾人口达1888万人。记忆犹新的1998年特大洪水涉及人口达229万人。或许，因这哀鸿波流，从孙中山时起，就想治理三峡。1946年，美国大坝专家萨凡奇同我国的学者黄育贤就在三峡实地勘探过。1948年，中美水利专家还在美国丹佛市商讨过三峡设计方案。延续至新中国，三代领导人也都对三峡工程倾耳注目，现经18年的三期工程建设已粗具规模。

三峡水利枢纽工程包括一座混凝重力式大坝、泄水闸、一座堤后式水电站、一座永久性通航船闸和一架升船机。大坝坝顶总长3035米，坝高185米，年发电量847亿千瓦。通航建筑物位于左岸，水电站装机总容量为1820万千瓦，年均发电量847亿千瓦。大坝建成，可满足长江上中游航运事业远景发展的需要。抗战期间，正是在这条水路上，民生公司在卢作孚的率领下，抢运了大量的战略物资器材设备和一些精英人士，来到西南大后方，为日后砥兵砺伍，涅槃重生，厥功至伟。现为了这大坝截断巫山云雨，就需要世代常年生活在这里的"江东父老"背井离乡而去。这是一个不亚于大坝本身建设难度的工程，为此，重庆方还特设立了移民局来解民燃眉，这对故土难离、守江渔生的移民们来说，是个残酷的现实。贾樟柯的电影《三峡好人》里亦有所

展示。

那年，我们来到三峡沿岸时，正是三峡大坝蓄水围堰的前夕，从奉节到万州，拆迁的房屋商埠，歪七扭八地摊在江边，一片狼藉。那时，汶川与芦山的大地震还没发生，眼见废墟上有长江委标注水位涨至143.2米的尺度，最终水位应续涨至175米——"万州人民欢迎您"的半月形牌楼也倾倒在瓦砾中。我当时心想，若有哪个电影制片厂拍战争片，可先期到此拍下素材外景。

搬迁出去的移民，有的去了上海的崇明岛，有的就近安了家，惨的是那些离别自己熟悉的山明水秀，远到山东的三峡好人们，虽说按规定给他们建了美好家园，但乡音难融、习俗不谐、水土不服。特别是耳濡目染惯了的这三峡美景，突从眼前消失，该是怎样的明月寄乡思啊！

三峡工程在云阳境内淹没了文昌宫、帝主宫、东岳庙、陕西箭楼、维新学堂、云阳南城门、夏黄氏节孝牌坊、长滩石碑亭、六岗石题刻、牛尾石岩画、龙脊石题刻等，现虽已搬迁至文物园内，但毕竟已失去了同那铭刻着文化气息山川融为一体的水韵。淹没的张飞庙传只有一首级，但为何不借此同南充阆中古城这猛将的躯干尸首合一，重归故土呢？张飞牛肉的气息沿三峡江边四溢着，让人品竹弹丝，回味无穷。

带着告别三峡的惆怅心情，夜晚，我来到三峡库区一阕寂的小城，顿感有了一些人生的醒悟。这小城，移民已迁出，只有一座宾馆接待着建设三峡的各路专家，新铺的柏油马路交错宽敞，路上行人稀少，半天才有一辆机动车闪过。沿江边去散步时，斜索桥下驳船汩汩而过，灯影掠江边流光溢彩而泻，让宣泄的三峡激流归于平静。斯时又想起法国诗人克洛岱尔心目中的中国人：

这个民族之所以得以免于毁灭，在于它的可塑性，像大自然一样，表现出古老、暂时、破损、偶然、有空缺的性格。此刻，眼望着这新拓出的库区小城，想到旧三峡的消失，虽有感叹，但又有一股新生的气息从江边吹来。这样一念，也就释然了。不论旧三峡存在与否，新三峡改天换地已然，三峡永远是人们心目中的神女。

泰国掠影

　　影片《人再囧途之泰囧》以喜剧形式出现了几个人妖镜头，而去过泰国的人，到依山傍海、气候宜人的芭提雅除观海景、逛夜市外，看人妖表演已成了一道另类的风景线。该城有两个著名的人妖歌舞艺术团，可观看到高水准的歌舞。人妖婀娜的舞姿，柔媚的歌声堪与专业的演出团体相媲美，间或有男低音的吟唱穿插进来。表演的节目中有中国的大红灯笼舞蹈，有中文歌曲《长江之歌》与《东方之珠》。想必节目安排融进了相当成分的中国元素。这肯定是针对中国游客的，因到泰国来旅游的当数华人

最多。

　　一部以泰国为背景的故事片《人再囧途之泰囧》的上映，不仅票房可观，连带吸引到泰国旅游的中国游客也成倍递增，为此，泰国美貌的总理英拉还专门接见了主创人员、导演兼主演徐峥等。这或许是影片始料未及的。

　　泰国是信奉佛教的国家，国王具有崇高威望，大街小巷全都挂着他的画像——他就是泰国民众心中的活佛。在泰国航空公司班机的电视上，也在频频播放国王下乡进稻田的亲民画面，也正是这位戴着眼镜、文质彬彬的国王将王室大片田地分给了农民们，被称为真佛在世。于是随时随地都能见到他和王后诗丽吉尊

容的佛龛。国王在这频繁发生军事政变的国度里折冲樽俎，平衡各方政治力量起到了至关重要的作用。

去泰国观光，负责接待的男导游自称是一位前辈在金三角奋争求生的国军后代，他说自己5岁就随父辈辗转战斗在金三角，为泰国政府剿灭叛军立下汗马功劳，才赢得了泰国公民权。导游的吹嘘有些夸张，人们似乎也不太关心他5岁光屁股孩儿是否真有上沙场的经历，但败退金三角的国军以3000人疲惫之师，战胜十多万之众的叛军战绩，也多少让我们这些华人感到骄傲。金三角处，穿着迷彩服的国军后代讲述着往昔的悲情，其曾经沧海、人事蹉跎的经历，让人叹息。

在泰国著名的桂河大桥的南端，有一中国远征军的后人，自费树立起了一座抗战中中国远征军的模拟纪念碑。他感慨地说，"二战"中，桂河桥大战中，中国远征军做出卓越的贡献，这桥折射了"二战"期间的一段历史：当年日军占领泰境期间，强迫盟军战俘建造铁路连接缅甸及暹罗，这条铁路在牺牲了无数宝贵性命后才得以完成，故有"死亡铁路"之称。大卫·里恩把这段历史搬上银幕，拍成史诗故事片《桂河大桥》，让人望桥兴叹。"二战"结束后，这里有盟军的墓园，甚至还有侵略者日本人的墓地，可唯独没有中国军人的魂归之处，作为远征军的后代，他认为有责任也有义务做这件事——立起一座纪念碑，为此，他在简陋破旧的帐篷里义卖集资而为，我听罢又能说什么呢，捐了微薄的200泰铢，又拍了照，心情自然是很沉重的。

忘记过去就意味着背叛，可我们又忘记了多少啊！

有关中国远征军的英勇战绩，电视专题片在抗战纪念日时已在电视上播过，除了那些前仆后继、勇杀倭寇的远征军的勇士，

人们也许还能记住戴安澜、孙立人这些战将。远征军解救了上万名被围盟军，用慷慨赴死的斗志攻下铜墙铁壁的腾冲城，最终光复解放了缅甸。可战后，由于政治原因，缅甸政府却将这些将士的墓地铲平了。而日本人则仗着财大气粗年年有人建他们侵略者的倭冢。在桂河大桥桥畔也同样如此。回首往事，近百岁去世的孙立人将军生前在台湾感到无限地怅惘与悲痛。美国人至今还在寻找他们在朝鲜战场上死亡军人的遗骨，可我们为什么没有那样大的胸怀为自己的同胞撒下一抔黄土？

在这古来称为暹罗国家的国土上，有着同中国傣族傣乡相同的风貌：穿着筒裙的妇女与商业街上鳞次栉比的商铺融在一起，热闹而又有序，很难想象，这平和之下却常涌动着政治纷争。去

的那几日，正是泰国前总理他信因军事政变下野不久。说起他信，那位华裔导游显出了一脸的敬佩，他说，他信执政时是泰国国运最好的黄金时期，还清了外债，国民经济水平稳步增长、普通百姓全都受益，如果再次大选，他信一定会卷土重来。他信获得泰国大多数政界和民众的支持。后来反他信的"黄衫军"领袖林明达及现任总理阿披实都曾是他信阵营里的人。阿披实曾是他信联合政府中的盟友，林明达是他信的高级幕僚。虽说后来这些人因种种原因而反目，泰国政局再次陷入动乱，起因也是推翻他信的军事政变。导游说泰国是佛教国家，民众都比较温和，所以谁侵犯了泰国都会遭报。我当时便反诘道，泰国在历史上是发生军事政变最多的国家，民众的抗争事件也屡屡发生，有部电影还演绎了这一过程，导游也不置可否。

他信被推翻后的大选，两次都是他信阵营的领导人获胜，先

是沙马后是颂猜，这亦印证了导游的预言。但令人匪夷所思的是两次合法当选，泰国宪法法院都因一件莫须有的小过失将两人罢免，先是沙马因在公职内参加了一个电视烹调节目，后是他信女婿颂猜因涉嫌贿选。总理亲自上电视烹调节目掌勺，如若换一个角度来看，这是一个亲民行为。试想，总理去教民众美食，还不该赞誉吗？再有认为颂猜所在的人民力量党涉嫌贿选，这也纯属鸡蛋里挑骨头——因这类事在任何政党身上都可能发生，阿披实政党后来也被揭出有此类事件发生。

逼他信出走他国，又以贪污欺诈等罪名剥夺他的财产，红衫军为此而不服，走上街头抗议。这之前黄衫军包围总理府，占领曼谷机场，国内秩序大乱。红衫军随后起而效尤，掀起了一波又一波的抗议浪潮。红衫军运动被镇压下去后，林明达也险遭枪击身亡。现他信的妹妹，兰心蕙质的英拉顺乎民意，以女总理的身份走上了政坛，这或许是一个轮回。

泰国大王宫，除了那些金碧辉煌壮观的佛塔外，就是定时换岗，并敲着鼓乐、穿着白色礼服行走的仪仗队了，仪仗队华丽、美观而又整齐，威武而又潇洒。望着他们整齐的步伐由近而远去时，皇宫的威仪就凸显了出来。

泰国的大象是通人性的，在驯象师的看护下，摸鼻触齿皆和平共处，骑到象身上奔跑一番甚是快意。这是个人与佛、人与人妖、人与神像春风化雨、同气连枝生存的国度，惬意而又有回味，迷乱而又令人浮想联翩。

历史躲在这个角落里沉思

　　重庆渣滓洞、白公馆、歌乐山、中美合作所旧址，这些烙着历史印迹的地方，始终在我们脑海中挥之不去。那年月，人们的理想是那么单纯、那么坚不可摧。就在新中国将要来临的黎明，面对枪口，面对火焰喷射器，他们倒下去了。这里面有将军、有士兵、有教授、有学生……江姐的事迹有口皆碑，而更多的烈士们则默然献出了宝贵的生命。在大屠杀那一刻，烈士刘国锧遇害时所作的诗句让人记忆犹新：同志们，听吧！像春雷爆炸的，是人民解放军的炮声！人民解放了，人民胜利了！我们——没有玷污党的荣誉，我们死而无愧！这被脱险难友背诵记述下来的几句诗，沾着

　◎烈士　陈作仪

血、以殉难者悲壮化为了精灵。富豪宦官家庭出身的刘国鋕曾有无数次机会脱离苦海，最后一次，家庭把一切都给他安排好了，到美国留学，要求只是让他脱党，他宁死不从。他为了心中的主义、为了气节，毅然选择了死亡。在渣滓洞监狱的墙壁上见到了陈作仪烈士介绍：重庆云阳人，曾入社会大学，1938年加入中国共产党，担任基层领导工作，是中国职业青年社、重庆社会大学的筹建人之一，为一百多名同志介绍了职业以掩护革命活动，曾三次被捕。1948年5月在重庆被捕，关押在渣滓洞监狱。1949年11月27日大屠杀之际，忍着伤腿的剧痛，仍大声怒斥敌人："共产党员是不怕死的，我站起来，你们打好了！"壮烈牺牲于牢门口，时年31岁。

在渣滓洞监狱里，那一张张殉难者的面孔，是那样的富有思想、那样的年轻。是什么让他们在血与火的洗礼中如凤凰涅槃走向了永生？从蓝蒂裕烈士诗中：

"今夜——我要与你永别了。
满街狼犬，遍地荆棘，
给你什么遗嘱呢？
我的孩子！
今后，愿你用变秋天为春天的精神，
把祖国的荒沙，
耕种成为美丽的园林。"

我们不难找出答案。就是为了明天，为了未来的美好倾洒一腔碧血。而那些残忍的刽子手也遵循这样一种信条，劝诫着那些

囚犯们，这劝诫至今还留在监狱的墙上：迷津无边，回头是岸。宁静忍耐，毋怨毋尤。但不知为何在这推己及人的道德感召下，他们最终都变成了野兽。烈士们为了理想，为了中国梦无怨无悔地走向永生。

我的松啊察里乌拉

　　松啊察里乌拉，在女真语里是称松花江为天河的。如果把西湖与松花江这天河来比拟的话，似乎不太恰当。西湖历来被誉为"上有天堂，下有苏杭"之湖光山色。但老实说，每次来西湖，我总未找到那股神韵，行在水上，大多是灰色的天、沉色的水，云分不清，光抻不出，说是烟雨蒙蒙，也就扑朔迷离一番，以寄诗情罢了。西湖的美景、西湖的名声，应该说是历代文人墨客虚构出来的，苏东坡也好，康乾多次南巡到此游历也罢，都给西湖平添了一些粉饰。身为当年的地方官，苏东坡上奏朝廷，动员20万民工疏浚西湖，又来了句"欲把西湖比西子，淡妆浓抹总相宜。"自然反映出了他的偏心指向。但来到松花江上时，我突然感到西湖比之实在是逊色多了。我并不是想褒贬这山川水色，西湖十八景自然是闻名遐迩的。

　　有一次我对作家迟子建说起松花江比西湖壮美多了的话，迟子建还以为我是附骥名彰，便言，你不是因我是这江边上的宿民才这么说的吧！她殊不知我是真心表述，并无虞词。不过，把西湖与松花江相提并论，却也有些山高水长，不可同日而语。西湖只是一潟湖围堰而成，黑龙江则是中国第三大水系，超过黄河的径流总量，二者无以比肩。然西湖的诗情画意、名

士风流经年累月已成词传。松花江似乎远被人们流诸脑后了。生活在这一江边上的萧红当年在《呼兰河传》中，用叙事诗、风土画的笔法吟出了一串凄婉的歌谣。而历史上这一流域也多惨烈的事件发生。日军的侵略、八女投江的悲壮、那年代唱响哀怨的《松花江上》都把这江水染上了血色。

哈尔滨是松花江畔的城市，由于她历史的渊源，其欧化、俄化的气息就非常浓郁，吃着列巴就红肠，饮有格瓦斯饮料和伏特加酒，单听那果戈里大街、圣·索菲亚教堂的地名，就如同让你身处在俄罗斯。圣·索菲亚教堂于沙俄时代建成，几经动乱战火夷平后，现又重建起来，让人感慨万千，这是历史的缩影，也印证着人文精神的重现。这座城市历经战乱及时代变迁的考验：日

本人的入侵，苏联红军的进攻，新政权的建立，全国最早解放的大城市等时光都在这江边流逝着。

说哈尔滨是座带有异域风情的城市，皆因此地的文庙、极乐寺与西方古典式建筑的东正教、天主教、基督新教的教堂并立在一起，这里被人誉为"东方莫斯科"和"东方小巴黎"，足见她的魅力所在。

在哈尔滨郊区有座被称为伏尔加庄园的领地，进去就恍如真到了托尔斯泰及屠格涅夫笔下描绘的乡村。如屠格涅夫的《猎人笔记》所述，俄国有许多河流跟伏尔加河很相似：一边是山，另一边是草地；伊斯塔河也是如此。这条小河像蛇一样蜿蜒着，奇特异常，没有半俄里是直溜的。在有的地方从陡峭的山冈上放眼望去，十几俄里长的小河，以及堤坝、池塘、磨坊、围着爆竹柳的菜园和茂密的果园，都可一览无遗。这庄园中的景观虽都是微缩的，但作家笔下的观感历历在目。能钓鱼的"伏尔加河"环绕庄园，穿过草本植物起伏的山丘，蜿蜒而过，在云天下镜映着莫斯科桥与带着风车的磨坊，还有圣·阿列克谢耶夫东正教教堂，船行在河上，伴随着《灯光》及《小路》等俄罗斯歌曲，将人们拖进怀旧的水路。

从"伏尔加庄园"出来，重又来到松花江畔，总想寻找到一些新鲜的气息。这气息如你在岸边的斯大林公园，看上去并无风清水泻的临江感。直到当你乘船上向江心岛、向水天一色的交汇处棹歌而行时，才会化入其里，这时，水的潮湿腥味夹杂着风吹过来的清爽沁人心脾。立在船头，第一感觉是这绸缎般水色上的天是湛蓝的，云是漂白的，风是畅快的，水是辽阔的。对比之西湖那平湖秋月一碧，水势盛大，波涌泓深，江边茂盛的草木生长在滩涂上，轮回婉转，远方哈尔滨市参差的楼群和如风帆般的斜拉索桥，由远及近，隐约可见、太阳岛上的风光也在阳光下闪烁而过。城市与江面形成的地平线融为一体，衬着西湖上少见的云霓清天，丰满而又富有张力。江上风驰电掣般的快艇，在水波上拉出一条白色水沫四溅的弧线，搅动着哈尔滨市的点与线仿佛也扑面而来。松花江称为天河，发源自长白山天池，这白山黑水孕育了多少生灵，融汇了从女真族至今漫长的历史切片，却少有清流雅士光顾此如画江山。也许是古来俊彦多来自江南，因而把诗情墨画都寄托到了南国的春光秋韵中。彼才情漫溢到这里就被淹没了，但此黑土地却是屡屡南巡康乾祖先的诞生地。松啊察里乌拉从岭上从山上泻来，势成浩浩，终凝聚成了生命的血脉，欢腾着涌向鄂霍次克海奔太平洋。这是我的，也是你的，是我们自然灵魂的轮回与复始。

面对胡服骑射的联想

假日回包头追旧，得知表弟连革竟也加入了摄迷的队伍，弄上了摄影。表弟持尼康相机，挎着专业的球型支架颇有一副摄影家的派头。而在其亲家的墙壁上则赫然而见盈尺之长的胡服骑射照片跨日充目。开始，以为是某招贴画。细问之，表弟带着颇为得意的神态曰：此乃吾作品也。这就更令我刮目相看了。照片上落日从赵武灵王跃然马上的英姿中迸射而出，那奋昂的剪影凸显出了这位不沿习俗、不落窠臼的建功立业者开天辟地的叱咤雄风。

《史书》所记赵武灵王向北进攻中山国，大兵经房子，抵达代地，再向北直至数千里的大漠，向西攻到黄河，登上黄华山顶，与国相肥义商议让百姓穿短衣胡服，学骑马与射箭。他说："愚蠢的人会嘲笑我，但聪明的人会明白的。即使天下的人都嘲笑我，我也这么做，一定能把北方胡人的领地和中山国都夺过来！"于是改穿胡服。

赵武灵王的这一举措，在今天可说是最早的改革开放。比之千年之后，辛亥革故吐新，剪辫放足，更是奋勇当先了若干个朝代。只是中国常常落入恶性循环的怪圈，变法图强的逐日追风总被腥风血雨的腐朽给扼杀掉。戊戌变法的夭折、孙文革命的几起几落，似都有一种无法摆脱的命运的羁绊。回首战国时赵武灵

王，经胡服骑射的改革之后，虽灭中山国，败林胡、楼烦二族，辟云中、雁门、代郡三郡，并修筑了"赵长城"，声名盖世。但却因刬划不好子承父业的龟龙麟凤，竟被公子成饿死在了宫中，让人唏嘘哀叹！而中国历史上又发生了多少为得皇位、为争天下弑父杀母的事例呢？人心的残忍和贪欲与国之兴亡盛衰又常常互为因果，相煎何急。伟业功亏一篑，夷蛮掠城夺地，毁灭文明，一切重蹈覆辙。

那日，表弟在黄昏时分驱车带我到胡服骑射的纪念碑侧，再次拍摄赵武灵王跃马、剑拔弩张的气势，我很难想象表弟几年不见，一招一式都规行矩步如行家里手，见他竖着支架登上纪念碑对面的古长城山丘开始了他的摄影作业，并问多少色温才可使落日更红。这纪念碑建在赵长城的隘道口上，处在包头市固阳至石拐的交叉路弯上，与赵武灵王广场遥相呼应。这包头境内的赵长城，东起东坝岩村以东与国庆乡交界处，西至东边墙村以西与兴胜乡交界处，全长约 13 千米。中间经过边墙壕、榆树湾、大庙、三元沟、二相公窑子、东边墙等村，经历了两千多年。至今遗迹大部分仍在，是包头市保存较为完整的地段。

公元前 300 多年前，赵武灵王在北破林胡、楼烦，占据了今包头、托克托县、山西雁北一带后，为了巩固边境，防御北方胡人的侵袭，在当时人烟稀少、生产工具简陋、工效极低的情况下，他兴师动众，筑起了一条一千多里长的长城。赵长城东起今河北西北部的蔚县，西经山西雁北，再傍阴山山脉南麓，迤逦而西，跨山越水，直至内蒙古巴盟临河县（今巴彦淖尔市临河区）东北的两狼山口，显示了赵武灵王为巩固边防、防御胡人入侵的坚强意志和远大战略目标。

　　赵长城可说是中国最古老的长城了，以后便有了秦长城、明长城等等。鲁迅言我们总是张扬长城伟大，是世界第一，是中华民族的象征，是中国的脊梁。其实恰恰相反，它实属民族的耻辱。说明我们自己腐败，不如胡人强大。我们有点混账，本该刷新政治、改革吏治、发展经济，却脚疼医脚，役使百姓，担土搬石，去修万里长城。迫击出举世罕见的剧痛交响曲，以致让孟姜女哭塌了边防工程。鲁迅的说辞虽切中要害，但也有些偏颇，赵武灵王在修长城的同时，确也实实在在击败了胡人，扩大了领地。不久前，去河北青山关一览明长城，在那七十二券楼下，得知戚继光当年也率兵击溃了约10万之众的土默特部俺答汗部，可见长城的修筑并非徒有其表。我常感叹，古人在这崇山峻岭间，在缺乏现代建筑材料与工具的情况下，何以有那么大的劈山之力，关山飞渡、拔山超海呢？这伟业让今人自叹弗如，同时，这也是我们民族精神基石的一部分。在历史上，凡修建这巩固边防城关的朝代，相对来说，还是国富兵强的，尽管有些劳民伤财之举。从这意义上来看，赵武灵王的胡服骑射及修建的赵长城，都起到了承上启下的作用。这一开一合的举措都体现出了他的大智大勇。联想至此，再举目仰望赵武灵王天马行空似的再生影像，心生荡气。这奔空剪影贴在由灰变红、由蓝泛金、由紫烟呈火烧的流云间，凤凰于飞、群鸿戏海、海水奔涌。落日就在其隙中流金闪银、浮光掠影，直到脱光霓裳云衣，喷薄在赵武灵王奔腾的马蹄前方。这是一个挣脱雾霭云遮的风云骑士画面，亦是一个后羿追日射日唤日的飞云掣电，又如天籁之音在奏响，这是古人的召唤，也是今人的和声。

感　言

　　相对于我的上一本摄影散文集《天上的中轴线》来说，这本《睁开你的眼睛》则更侧重于一些人文的色彩。虽说也有一些风光片子，但其内涵意想切入到画面的深处。看图说话，这是从儿时看小人书始起的。记得那时，为了一套《岳飞传》，一本《西厢记》，偷着、抢着、如饥似渴地读着。我不知，人对画面的感受是不是从那刻起就潜移默化在了血液里。后来，我读到了一本纸页泛黄的摄影书，其中有幅名为《盖诺市长被刺》的摄影作品让我记忆犹新。画面是身为市长的盖诺刚一出门就遭到枪击瞬间的反应：他张开双臂，露出惊恐的眼神。这画面让人触目惊心，以至二三十年过去了，我仍像昨天看过那般久久难忘。这或许就是摄影本身的魅力和意义吧！为此，我真佩服那些在胶片时代留下众多黑白影像的摄影师们，正是他们，记录下了我们人类文明的发展史。为此，我们才有了"感光时代"的记忆。

　　摄影发展到今天，由于器材日新月异的更新，名目繁多的单反数码相机层出不穷，人们不再为繁复的胶片冲扩洗印及暗房技术而苦恼了。但今天，我们仍会为照片的角度、眼力、层次、色温及曝光度等元素而捉襟见肘。从另一种视觉上来说，在这被戏称为"全民摄影"的时代，谁又能悟出生命的意义以及画面背

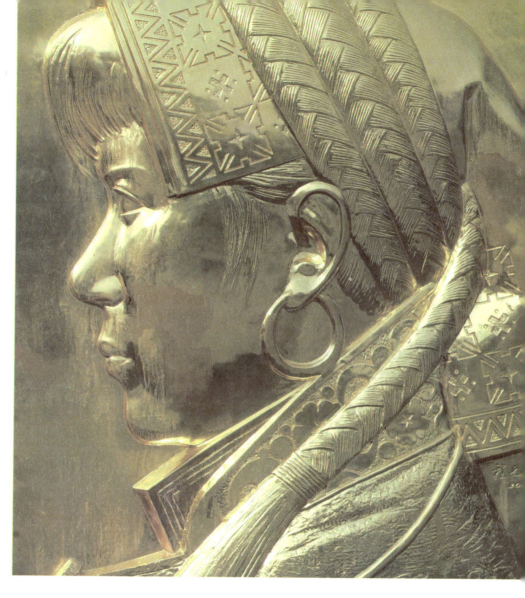

后的内应力呢？其实，今天我们的构图及眼力比不过 18、19 世
纪的摄影家。那时，他们单纯、质朴，对事物的捕捉精益求精，
远胜过我们今天的浮躁。有一次，我到北京卧佛寺梁启超墓前去
拜谒拍摄，却见一群中年妇女围着墓碑嘻嘻哈哈地合影留念，她
们摆着不同的姿势，间或把装钱的皮包放在墓碑上戏谑道：别难
过，给你送钱来了！

　　留完影后，她们边看效果，边品头论足吵吵嚷嚷地走了。她

们怎知道这墓穴中睡着的是再造共和、修身齐家平天下、续成百科全书式的伟人呢？又怎知他对现代中国的意义是后无来者的。当然，她们不是专业摄影师，只是一群游客，其心理素质不可求全责备，但这种国民性教育的苍白与缺失，不让人感到可悲吗？由此，引申到摄影艺术本身上，你不探寻画面之外的文化内涵，充其量也只是一张"到此一游"而已。所谓功夫在诗外的点面结合，是一个人要一悟再悟的。在摄影艺术的探求上，我亦有诸多缺陷与盲点，有些方面也完全是门外汉。这方寸之大的照片里面有着无穷无尽的学问，让人终身也学不完。这书中的散文也是常年积累写成的，大多散见在各报刊，今天配图而出，对自己也是一个心灵慰藉。

　　单反相机拷贝下来的图片，还有一个问题便是，稍不经意，存在电脑文档里的资料便会因格式化而删除了。我这书里有几张便是如此，在其他存档里找回，像素又低了，甚让人感到可惜。也许，摄影本身就是个遗憾的艺术吧！